Kacau Tiamo

Sedução Irresistível

São Paulo
2017

UNIVERSO DOS LIVROS

Sedução Irresistível

Diretor editorial
Luis Matos

Editora-chefe:
Marcia Batista

Coordenadora Editorial
Rayanna Pereira

Preparação
Rayanna Pereira

Revisão
Denise Simino
Jadson Gomes

Diagramação
Renato Klisman

Arte de capa
Rebecca Barbosa

Dados Internacionais de Catalogação na Publicação (CIP)
Angélica Ilacqua CRB-8/7057

T426s

Tiamo, Kacau
Sedução Irresistível / Kacau Tiamo. –
São Paulo: Universo dos Livros, 2015.
134 p.

ISBN: 978-85-503-0041-2

1. Literatura Brasileira I. Título

16-1084 CDD B869

Universo dos Livros Editora Ltda.
Rua do Bosque, 1589 – Bloco 2 – Conj. 603/606
Barra Funda – Cep: 01136-001 – São Paulo/SP
Telefone/Fax: (11) 3392-3336
www.universodoslivros.com.br
e-mail: editor@universodoslivros.com.br
Siga-nos no Twitter: @univdoslivros

Agradecimentos

Primeiramente, agradeço ao meu Pai por todo o apoio, incentivo e por acreditar em mim desde o início. Pai, te amo, obrigada por tudo.

Tenho que agradecer à minha leitora do coração, minha avózinha querida que amo muito, hoje com oitenta e sete anos, que, por incrível que pareça, já leu basicamente tudo o que escrevi, desde o primeiro manuscrito, e também aos meus filhos, Fábio, Giovanna e Júlia, pela paciência e compreensão.

Não tenho palavras para descrever o quanto minhas Pimentinhas lindas me apoiam diariamente. A ferocidade de vocês me encanta! Obrigada por tudo!

Um agradecimento especial para quem não me larga, dia e noite, os anjos da minha vida: F. Bittencourt, Giovanna Caumo, Karoline Gomes, Deisi Riewe, Alexsandra Peres, Marina Peres (Cotinha), Dani de Mendonça, Kelly Faria, Erica Pereira, Luciana Ferreira e Gisele Melo, Andreia Calegari, Graziela Lopes, Helena Costa, Lilia Britto, Luana Silva, Luciana Rangel, Mônica Menezes, Diana Camêlo e Ionara Carvalho.

Obrigada também às minhas amigas lindas de coração e profissão, Sue, Camila, Bya, Márcia, Evy, Middian, Ana, Joice, Natália, Ariela e Sylmara, pelas noites de conversa, risadas e aquele algo mais tão especial! Mila Wander, Nana Pauvolih, Danilo Barbosa e todas as minhas bandidas lindas, meu muito obrigada por existirem em minha vida.

Também às minhas parceiras blogueiras e administradoras dos grupos, tanto do Whatsapp como do Face, que ajudam muito na divulgação dos meus meninos, a vocês, obrigada de coração.

Enfim, obrigada a quem fez parte da minha vida durante o desenvolvimento dessa linda história de amor.

A todos, um beijo no coração e apreciem sem moderação. :D

Capítulo um

Após uma semana cheia no trabalho, o que eu mais queria era me aconchegar nos braços do meu marido e ficar de bobeira. Aproveitando que era sexta-feira, saí mais cedo com a intenção de surpreendê-lo. Passei no mercado e comprei alguns itens para um jantar gostoso e, por que não, um vinhozinho. Ri de mim mesma ao me lembrar dos efeitos que o vinho tinha sobre mim. Eu, com duas taças de vinho, virava uma devassa. João se empolgaria quando visse.

Ah, um final de semana sossegado, com muito sexo para relaxar era tudo o que eu precisava.

Paguei tudo e fui para casa. João já devia estar em casa a essa hora, pois ele trabalha até às quatro da tarde de sexta-feira.

Cheguei em silêncio e, entrando pela porta da cozinha, deixei as sacolas no chão. Tirei meus sapatos, pois ficar de salto alto o dia todo era de doer os pés de qualquer mortal, e os deixei próximos à porta.

Passei pela sala que estava vazia. Olhei no escritório e nada também. Então apurei os ouvidos e escutei uns barulhos vindos do quarto.

Safadinho! Ele devia estar vendo alguns vídeos para se animar. Ele gostava disso. Abri alguns botões da camisa branca que estava usando, deixando à mostra um pouco do sutiã, e devagar abri a porta do quarto.

CARAMBA!

Nem em mil anos eu estaria preparada para a cena que encontrei em meu quarto.

– Katarina! João! PUTA QUE PARIU! – As palavras saíram da minha boca antes que eu pudesse contê-las.

Katarina, minha irmã, estava montada em cima de meu marido, pulando como uma louca sobre o pau dele! E ele agarrado nos seios dela e gemendo! Filhos da puta!

Andei até a cama, a ira subindo à minha cabeça. Agarrei minha irmã pelos cabelos e a arrastei, nua em pelo, pela casa. Ela gritava e esperneava, mas com uma força que veio não sei de onde, a joguei porta afora.

– Suma da minha vista, biscate sem vergonha. Nunca mais me dirija a palavra. Você não vale o que come! – Minha voz, baixa, tinha um tom ameaçador, que demonstrava que eu não estava para brincadeiras.

– Claudinha, me deixe explicar; me dê alguma roupa!

– Suma daqui. Acabo de perder a única pessoa da minha família que me restou. Hoje, você morreu para mim.

Bati a porta na cara dela, que ficou lá parada, cobrindo suas partes com as mãos.

Virei-me e João me olhava, completamente embasbacado, nu e murcho. Sorri para ele e cheguei perto, dando um beijo em seu pescoço. Passei a mão pelo seu peito, acariciando, descendo pelo abdômen até encostar em seu pau, que já estava a meio mastro. Ele me olhava, surpreso.

Então, eu agarrei seu saco e apertei o mais forte que consegui. Ele apenas gritou, e tentou se afastar de mim, sem forças, o que só causou uma reação de minha parte: enfiar as unhas na pele fina de seu escroto.

– Você achou mesmo que ganharia carinho seu imbecil? Vou apertar suas bolas tão forte, que, pelo menos, você vai ficar incapacitado por alguns dias. Se não, permanentemente – apertei mais forte ainda, arrancando lágrimas do filho da puta. – Junte suas coisas e saia da minha casa. Não quero mais nada com um verme como você. Mas, antes, a sua confissão – puxei o celular do bolso, sem soltar seu saco. Coloquei no gravador de voz. – Você vai dizer para mim o que fez e vai abrir mão de tudo. Agora! – Meu tom de voz não deixava dúvidas do quanto eu estava no limite.

Após sua confissão, eu dei um último apertão em suas bolas e ele, choramingando, foi juntar suas coisas. Liguei para Jorge, o advogado em quem eu mais confiava, da empresa onde eu trabalhava, e pedi para que ele desse a entrada nos papéis de divórcio. Com esse crápula, eu não ficava casada nem mais um dia! Pelo aplicativo do celular, mandei o áudio da confissão de adultério para Jorge.

O bom de trabalhar em uma agência de advocacia era ter amigos que podiam te ajudar em um caso como esse. Pensando bem, graças a Deus eu não havia tido filhos com João, o que deixava tudo muito mais fácil. Como dizem, Deus escreve certo por linhas tortas.

Em 20 minutos, o crápula apareceu, arrastando uma mala, com a maior cara de cachorro que caiu da mudança.

– Poxa! Deixe-me explicar! – Ele começou a falar. – Eu te amo, linda. Levantei a mão para ele, calando-o.

– Você ama o meu dinheiro e o que pode lucrar ficando casado comigo, isso sim! O que vi não carece de explicação. Você estava transando com a minha irmã! Não tem *explicação* para isso. Não tem *perdão* para isso. Acabou. Nunca mais eu quero ver a sua cara, nem a dela. A partir de agora, você falará apenas com o meu advogado e saiba que eu já entrei com o pedido de divórcio. Em algumas horas, o pessoal da agência vai entrar em contato com você e espero que você assine os papéis e suma. Você sabe que, pelo nosso acordo pré-nupcial, você não tem direito a nada. Além de tudo, você foi burro! Adeus, João.

Ele abaixou a cabeça e saiu, ciente da cagada que havia feito. Quando minha mãe morreu, deixou grande parte da sua herança para mim, incluindo as ações da agência de advocacia em que trabalho, fundada pelo meu pai há muitos anos. Então, eu trabalhava apenas por hobby e para ficar de olho no que, de alguma forma, também era meu.

Trabalhar no meio de advogados e de tantos processos, acabou me rendendo conhecimento para fazer a coisa certa. Passei a mão pelo rosto e fui para o meu quarto.

Foi então que tudo o que aconteceu caiu sobre mim, quando olhei para minha cama desarrumada. Em minha cabeça, revi a cena perturbadora. Encostei-me na parede e deixei meu corpo escorregar por ela, até que minha bunda encostou no chão. Bati a cabeça contra a parede repetidas vezes e chorei.

A traição doía. Muito.

Meu peito parecia que ia explodir.

Como foram capazes? E há quanto tempo?

Chorei até não ter mais lágrimas. Meu telefone tocou e era Andréia, minha melhor amiga. Deixei tocar e me afundei em autopiedade. Num rompante, me levantei e arranquei as roupas da cama.

Só não coloquei fogo naquilo pelo risco de queimar a casa toda, então enfiei em um saco de lixo e larguei no canto da lavanderia. Pensando bem, aquilo devia estar cheio de secreções dos dois, podia servir como prova, ou não, sei lá. Em todo caso, ficaria ali.

Respirei fundo. Eu precisava de um banho e também de algo que amortecesse a dor que eu estava sentindo.

Entrei no banheiro e dei de cara com o espelho. Ele me mostrava uma morena muito pálida, de cabelos castanhos e olhos avermelhados pelo choro. Ao me encarar no espelho, lágrimas afloraram e desviei o olhar, arrancando minhas roupas.

A água quente do chuveiro pareceu lavar um pouco de tudo aquilo de mim. Coloquei um pijama confortável e fui tomar aquele vinho. Liguei a televisão e comecei a ver um filme.

Caramba, para que eu ficasse igual àquela mulher só faltava o pote de sorvete e o edredom. Ao som de *All by myself* de *Celine Dion*, eu chorei a minha desgraça.

Capítulo dois

Um mês após aquela fatídica sexta-feira, eu já era uma mulher livre e estava assinando à venda da minha casa. Não queria mais ficar nesse lugar ou nessa cidade.

Nada mais me prendia aqui.

Por mais que João tivesse esperneado e exigido algum dinheiro, nosso contrato pré-nupcial era muito claro e ele saiu dessa com uma mão na frente e outra atrás.

Bem feito, canalha!

Desse lugar, eu levaria apenas minhas roupas de verão, as de inverno eu doaria. Para onde eu estava indo não haveria necessidade.

Os móveis, eu havia vendido junto com a casa. *Realmente, tudo novo!*

Ah, meu sonho! Eu o realizaria agora.

Desde os meus quinze anos, quando fomos viajar para a Bahia, eu quis um dia morar à beira-mar e construir uma pousada. Havia enfrentado meus pais e fiz faculdade de hotelaria e turismo, no intuito de um dia dar vida a esse sonho, e a hora era agora!

Com a ajuda do pessoal da agência e suas amizades, me foi indicada uma imobiliária de confiança e, assim, eu tinha alugado um apartamento mobiliado por três meses. Durante esse tempo, eu procuraria o lugar perfeito para a minha pousada e minha futura casa.

Cidade nova, planos novos, vida nova!

Eu queria esquecer a sordidez do que haviam me feito e nada melhor do que trabalho para isso. E trabalho não faltaria.

Liguei para Andréia, precisava me despedir dela.

– Déia? – não esperei que ela dissesse alô e fui jogando a bomba. – Minha linda, estou indo.

– Não vai me dizer, mesmo, para que lugar você vai?

– Vou para o litoral. Tenho fé de que será como eu sonhei, mas não vai ser do dia para noite. Eu ligo de vez em quando e mando mensagem. Manteremos contato.

– Eu te entendo, amiga. Depois de tudo, você precisa de novos ares. Saiba que estou torcendo por você, seja no que for.

– Obrigada, Déia. A gente se fala.

Nos despedimos e desliguei. Eu tinha um longo caminho pela frente.

Aeroporto é uma delícia.

Pelo menos para mim. Eu amo voar!

Meu vôo para Salvador partia às 14h09, mas ao meio-dia eu já estava perambulando pelo aeroporto, tamanha era minha ansiedade. Olhei algumas lojas, almocei, comprei um livro que me chamou a atenção na livraria. Na capa havia um homem moreno, de olhos claros, que encarava a câmera com um olhar apaixonado e com uma das mãos no cabelo. *Inevitável.* Esse era o nome do livro e, bem, eu precisava me entreter nas próximas 3 horas, até chegar a Salvador.

Sentei-me na sala de espera em frente ao meu portão de embarque, ajeitei minha bolsa e abri o livro. Embrenhei-me na leitura.

Estava compenetrada, lendo, quando senti que alguém me olhava. Ignorei e continuei a ler. Ultimamente, com os *tablets* e celulares de última geração, quando alguém lia em livro físico era considerado um ET e recebia olhares mesmo.

Minha nuca formigou, tamanha era a sensação e, não resistindo, olhei à minha volta.

A sala de espera estava lotada agora. Corri os olhos pela multidão e um homem me chamou a atenção. Um moreno com a barba por fazer, me encarava com olhos curiosos e com algo mais. Realmente, ele era lindo; charmoso até não poder mais. Ele exalava autoconfiança e poder, e estava recostado próximo ao portão de embarque. Usava uma camisa com o colarinho aberto e um blazer, sem gravata. Com as duas mãos nos bolsos do jeans, fazia com que o tecido se ajustasse ao seu corpo e meus olhos foram atraídos para o volume entre eles.

UAU!

Completamente descarado, ele sorriu quando senti minhas bochechas queimarem de embaraço.

Desviei o olhar e retomei minha leitura. A autora devia estar de brincadeira comigo, pois, exatamente nessa hora, começou uma pegação super-hot entre os personagens e, em minha mente, aquele moreno perigoso era o mocinho e eu a mocinha, protagonizando uma chupada fenomenal no estacionamento da boate. Creio que minhas bochechas estavam pegando fogo, assim como meu corpo todo.

Semanas sem sexo e um livro assim te fazem pensar coisas.

Eu me abanei e olhei diretamente para o lugar onde aquele moreno me observava, mas ele não estava mais ali. Resolvi comprar um suco para ver se me acalmava.

Maracujá era uma boa pedida!

Colocando o livro dentro da bolsa, levantei, me certificando de que não estava deixando nada ali.

Fiz o meu pedido e estava voltando quando o vi saindo da livraria com o mesmo livro que eu estava lendo sob o braço. *Meu Deus!*

Lindo, sexy, todo poderoso e, ainda por cima, um homem que lê.

Desviei o olhar para que ele não percebesse que eu o havia visto, e continuei meu caminho.

Sentei-me novamente, continuando minha leitura, e a todo momento eu o caçava pela multidão. Queria ver a reação dele ao que estava escrito naquelas páginas!

Achei-o em um canto mais reservado, recostado e lendo. Completamente covarde, coloquei meus óculos escuros e troquei de lugar, agora virada em direção a ele. Assim eu conseguiria olhar disfarçadamente, fingindo que ainda lia.

De início, seu rosto não deu nenhum sinal. Então ele engoliu em seco e se mexeu na cadeira, ajeitando a calça. *Rá! Ele havia chegado no boquete!* Uma vontade louca de rir me invadiu! Então seu olhar saiu do livro e grudou em mim.

Nunca havia ganhado uma olhada tão crua, com tanto desejo. Óbvio que aquilo mexeu comigo, ainda mais sabendo o que ele poderia estar pensando. Mas a última coisa que eu queria era um homem em minha vida.

João tinha esgotado a minha cota de paciência e confiança nos homens.

Meu amiguinho a pilha, em minha mala, daria conta dessa vontade mais tarde. Para que eu precisava de um homem e toda a complicação, quando um vibrador fazia o trabalho perfeitamente? Gozava toda vez; não havia constrangimentos, cobranças, promessas e, no final de tudo, era só lavar e guardar para a próxima.

Meu lado prático às vezes me surpreendia.

Deixando de lado aquele moreno, voltei ao livro que só fazia meu tesão aumentar. Logo chamaram meu voo e me dirigi ao portão, com minha passagem e documento em mãos. Ele se levantou também e, para que não nos esbarrássemos, parei e deixei que ele embarcasse, para só depois eu entrar na fila.

Ouvi a aeromoça dizer: "*Boa viagem Sr. Marrero*", toda oferecida. No entanto, ele agradeceu com um movimento de cabeça e entrou no avião. Não dando um pingo de bola para a coitada, que suspirou e virou a cabeça para acompanhar sua caminhada pelo corredor que levava ao avião.

Balançando a cabeça em desaprovação, entreguei meu documento e a passagem à aeromoça ao lado. *Algumas mulheres deviam se dar ao respeito.* Um homem daquele podia ter a mulher que quisesse.

Entrei no avião e me sentei rapidamente, pois havia pegado uma das primeiras poltronas.

Adorava viajar na frente! Era tudo mais intenso, como a decolagem e o pouso. *Ah, como eu gostava de voar!*

Capítulo três

Envolvida na leitura deliciosa e bastante quente, não percebi o tempo passar. Logo fomos avisados que o procedimento de aterrissagem havia sido iniciado e a voz do piloto nos dava boas-vindas a Salvador.

Fui uma das primeiras a descer do avião e, para minha sorte, quando cheguei às esteiras de bagagem a minha já estava ali, rodando.

Peguei rapidamente minha mala e saí para o saguão do aeroporto. Logo após o portão de desembarque já avistei um quiosque de táxi, fiz meu pedido, dando o endereço do prédio, e fui escoltada pelo recepcionista até o carro que me levaria para minha casa provisória.

Em minha euforia pela nova vida, me esqueci do moreno perigoso e seus olhares quentes. Somente quando já estava no táxi e a caminho, foi que me lembrei dele e seu sobrenome me veio à cabeça. Marrero. Com certeza um sobrenome latino e ele tinha todo jeito de ser *caliente*!

Ri de mim mesma. Que coisa para se pensar de um cara, mas era culpa da autora daquele livro delicioso. Depois eu a encontraria nas redes sociais e deixaria um recadinho, parabenizando-a pelo feito.

Meu Deus, que aeroporto longe de tudo! Vinte e cinco minutos após e uma centena de reais a menos no bolso, me vi em frente a um prédio com uma portaria linda, gradeado por portões de ferro negro.

Identifiquei-me mostrando meu RG ao porteiro, que estava com as chaves, e depois de preencher uma ficha cadastral, dizendo que ninguém podia subir e todos deviam ser anunciados, entrei no hall e andei até os elevadores.

Chegando ao quarto andar, procurei meu apartamento e inseri a chave abrindo a porta. Parada em frente a ela fechei meus olhos e, silenciosamente, pedi que ao entrar no meu novo apartamento, minha vida mudasse para melhor e, respirando fundo, entrei.

Realmente, as fotos que a imobiliária havia me mandado condiziam com a situação real do imóvel. Atendendo meus pedidos, as roupas de cama eram novas e o apartamento estava limpíssimo e impecável.

A única coisa que faltava era abastecer a geladeira. Liguei a TV, o aparelho da TV a cabo, micro-ondas, geladeira, fogão e máquina de lavar na tomada, e tudo funcionava perfeitamente.

Fui até a sacada e inspirei o ar marinho.

Ah! O mar!

Como eu amava esse som, das ondas quebrando na areia. Era tão relaxante! Peguei meu celular e fiz uma lista de compras. *Próximo passo, mercado.*

Perguntei na portaria se havia um mercado próximo. Ainda era dia então resolvi ir andando. Segundo o rapaz, o mercado era bem pertinho.

Escolhi um bairro muito gostoso para morar durante esses meses. A praia da Pituba era muito calma em comparação com a movimentação da avenida que acompanhava a orla. Parando na calçada, esperei até que o semáforo ficasse vermelho para que eu pudesse colocar os pés na areia.

Caramba, que demora!

Bem, eu estava sem nada para fazer mesmo, não me estressaria por causa de um semáforo idiota. Após o que me pareceu uma eternidade, atravessei correndo a avenida. Continuei andando no calçadão até achar uma escada para descer até a areia.

Até que não era muito suja, somente na área próxima ao paredão era um pouco. Mas não fiquei nem um segundo por ali, tão louca que eu estava para enfiar meus pés na areia e na água do mar.

Arranquei minhas sapatilhas e corri pela areia como uma criança. Chegando perto da água parei na beiradinha, e as ondas do mar vieram me receber, dando as boas-vindas oficiais a Salvador.

Depois de alguns minutos admirando a imensidão do mar, me lembrei de que precisava comprar a comida e itens de primeira necessidade. Meus pés estavam secos, apenas com areia grudada, então bati as sapatilhas contra minha sola e consegui retirar a maior parte. Teria que me lembrar de trazer uma garrafa de água para lavar meus pés da próxima vez.

Mais uma quadra e atravessei novamente, entrando numa loja que era uma mistura de mercado, loja de conveniência, lanchonete e sorveteria. Tudo aquilo era novo para mim, e resolvi que em breve eu voltaria para experimentar aquelas delícias todas.

Comprei o necessário e, cheia de sacolas e com os pés já doendo por causa dos grãos de areia que ficaram entre os dedos, voltei para minha casa nova.

Tomei um banho e fiquei explorando o apartamento. Ainda estava bem impressionada com a vista. Encontrei uma rede dobrada no armário do quarto e fui colocá-la na varanda.

Com a rede, um bom livro e aquela vista deliciosa, me senti a melhor das criaturas. Só eu, minha imaginação completamente instigada pela leitura e o barulho do mar.

Ah! Que delícia!

Capítulo quatro

Três semanas morando ali e eu já era reconhecida pelos atendentes daquela loja de conveniência onde tinha tudo, incluindo farmácia, e já tinha certa familiaridade com os moradores do prédio.

Quando meus três meses acabassem, sentiria falta daquelas pessoas. Engraçado, pois eu nunca fui de me apegar a vizinhos, nem a ninguém.

Aquela cidade e seus moradores estavam me mudando, ou será que eu mesma mudei e não me dei conta?

De qualquer maneira, logo eu teria que começar a procurar uma boa praia e um lugar delicioso para minha empreitada. Começar do zero ou reformar uma pousada já existente? Eis a questão.

À noite, entrei em vários sites à procura de alguma pousada ou terreno à venda. Fiz uma lista com muitas possibilidades, telefones e endereços de várias imobiliárias. Liguei para algumas e marquei as visitas para a próxima semana.

Meu plano de recomeço estava começando a tomar vida.

Para que tudo desse certo eu precisaria de um carro. Então, a primeira coisa que faria ao sair de casa no dia seguinte seria comprar um.

Aproveitei minha última noite de bobeira, com uma boa pizza, sorvete de amendoim delicioso da conveniência e meu vibrador.

Satisfeita, após me deliciar com tudo, adormeci na rede.

***

Acordei cedo, com a luz do sol em meu rosto e uma dor terrível nas costas. *Quem mandou dormir na rede? Porcaria!*

Tomei um banho demorado, tentando relaxar.

Carro! Eu tinha que comprar um.

Fui até uma concessionária e encontrei o carro que eu queria.

Em pouco tempo, eu era a mais nova proprietária de um Range Rover Evoque branco e lindo, com bancos de couro, teto solar panorâmico e tudo o que eu tinha direito!

Para a primeira visita aos terrenos que poderiam ser da minha pousada, eu teria que ir com o corretor, pois só entregariam meu carro em alguns dias. Na hora marcada, Ricardo, o corretor, chegou e me mostrou alguns terrenos, mas não eram nada do que eu imaginava.

No dia seguinte, Maurício, outro corretor, me mostrou algumas pousadas à beira-mar e um hotel pequeno que estavam à venda, mas, poxa, não senti nada olhando aqueles prédios.

No final do terceiro dia meu carro chegou. O rapaz da concessionária o trouxe para mim e fui dar uma volta pela cidade. Me perdi bonito até aprender a mexer no GPS. A partir daí, foi uma maravilha.

Voltei para casa e fiz uma pequena mala de mão para o dia seguinte, pois me aventuraria a ir um pouco mais longe. Passaria o final de semana na Praia do Forte, onde todos diziam ser um pedaço perdido do paraíso. Quem sabe lá eu achasse alguma coisa.

Pela manhã, parti em direção à tal praia. Pelo que eu havia visto na internet era realmente tudo lindo. A Praia do Forte ficava a mais ou menos 80 km do centro histórico de Salvador, mas demorei uma eternidade para chegar lá.

Fui devagar, apreciando a paisagem, correndo em alguns trechos para amaciar o carro e curtir o vento em meus cabelos.

A sensação era indescritível!

Sentia-me livre e dona do meu destino. Graças à herança deixada pelos meus pais, eu não tinha a preocupação com dinheiro ou contas a pagar. Como diriam alguns, eu estava com a vida ganha. Mas eu gostava de me manter ocupada e faria do meu sonho realidade.

Com essa certeza queimando em mim, desci do carro em frente ao resort e entreguei a chave ao manobrista.

– Cuidado com o meu bebê, hein?

Peguei o *ticket* e ele assentiu com a cabeça. Entrei no saguão gigantesco e fiz meu *check-in*. Um rapaz bastante atencioso me levou até meu quarto. O lugar era maravilhoso, a natureza integrada à decoração, em uma harmonia perfeita.

Após me instalar, resolvi dar uma volta pelo resort. Estava estudando a decoração do hotel quando senti aquele formigamento que vinha junto com a sensação de estar sendo observada. Olhei em volta e, sentado no bar da piscina, estava o cara do aeroporto.

Puta que pariu, se achei ele lindo quando o encontrei na primeira vez, agora eu estava babando. Cacete!

Ele usava uma calça de linho e camisa branca, e estava com aquela barba por fazer que me deixava louca. Um arrepio passou pelo meu corpo e ele sorriu para mim, abertamente, me encarando.

Ele pegou sua bebida, que estava no balcão, e veio em minha direção, caminhando com a graça de um leopardo, sorrateiro. Jesus! Engoli em seco e retribui a encarada. Não fugiria dele como uma garotinha assustada.

Senhora do seu destino, lembre-se disso!

– Olha só, a moça do aeroporto. O que te traz aqui, no meu cantinho do céu?

Tranquei minha mandíbula para que não caísse aberta e babando.

Aquele homem tinha uma voz rouca e deliciosa, fazendo dele uma tentação irresistível. Meu corpo entrou em alerta e limpei a garganta, rezando para que minha voz não denunciasse minha excitação.

– Só passeando um pouco – menti descaradamente.

– Posso passear com você? Mostrar a cidade? – Ele passou a mão em meu braço e aquele toque causou uma faísca em meu corpo, senti meu clitóris latejando e fiquei molhada na hora.

Uau! Apenas um leve roçar de dedos!

– Obrigada, mas não será necessário – me esquivei.

Aquele homem era um risco que eu não precisava e não queria em minha vida. Tinha cara de ser o maior conquistador.

– Desculpe minha falta de educação, sou Ramon Marrero – estendeu a mão para mim e não tive outra escolha, a não ser aceitar e retribuir o cumprimento.

– Claudia Lima.

– Prazer em te conhecer, Claudia. Finalmente um nome lindo para um rosto lindo.

Deu uma vontade de rir! *Meu Deus, que coisa mais brega.*

– Bem, Ramon, o prazer é meu. Acabou de ler o livro?

Ele me olhou com fome. Seus olhos castanhos esverdeados adquiriram um tom mais escuro e suas narinas se dilataram um pouco quando ele inspirou.

– Sim, eu li. E durante toda a leitura você era minha Pam.

Toma trouxa. Aguenta essa agora. Quem mandou mexer com a onça?

As lembranças do enredo do livro me tomaram e meus mamilos se enrijeceram. Isso não passou despercebido por Ramon, que descaradamente passeou os olhos pelo meu corpo.

– Está sozinha aqui? – Ele perguntou, me comendo com os olhos. Ele nem tentava disfarçar.

– Ramon, vamos deixar uma coisa clara, desde já. Eu estou sozinha sim, e pretendo continuar assim.

Um sorriso convencido apareceu naquela boca deliciosa, mostrando dentes brancos e perfeitos.

– Eu não duvido. Mas sabe como é, nem sempre querer é poder. Costumam dizer que ninguém fica muito tempo sozinho em um resort na Bahia – sua voz era confiante e sua expressão mais ainda.

– E eu te digo, que não estou muito preocupada com o que dizem – retribuí o sorriso.

– Acho que começamos com o pé errado, Claudia. Não tem nada de mais em fazer amizades. Em um resort como este, as pessoas costumam confraternizar. Mais tarde haverá um luau na praia. Vamos? Quase todos os hóspedes estarão presentes. Então, não será um encontro, mas uma confraternização.

Ele parecia arrependido da sua abordagem agressiva e resolvi dar uma chance a ele. Afinal, quando um não quer, dois não fazem nada.

– Está bem, Ramon. Eu vou a esse luau com você.

Ele suspirou aliviado e não sei como, seu sorriso ficou ainda mais atraente e natural. Não tive escolha, a não ser sorrir de volta. Era contagiante.

Eu tinha muito o que fazer, então me despedi.

– Ramon, vou indo. Quero almoçar e olhar alguns terrenos por aqui.

– Ah, nisso eu posso ajudar! Tenho alguns à venda e pode ser que te interessem. Quanto tempo vai ficar aqui?

– Vou embora no domingo à noite.

– Então não temos tempo a perder. Venha comigo e te mostrarei alguns. O que você tem em mente? – Ele colocou seu copo em uma das mesas espalhadas pela área da piscina.

A postura dele mudou, de sedutor a homem de negócios, e me senti segura em compartilhar meus planos com ele.

– Pretendo construir uma pousada ou reformar alguma já existente. E me mudar para cá.

– Mais uma vez, ficarei feliz em poder te ajudar, minha linda. Tenho exatamente o lugar que você procura. Vamos almoçar e eu a levarei até lá. Você vai se amarrar no lugar.

Estendeu a mão apontando o caminho que eu devia seguir e, sorrindo, segui suas instruções veladas. Aquele arrepio me tomou novamente, junto com um formigamento em toda a minha coluna, quando ele encostou a mão na curva das minhas costas, me conduzindo sutilmente.

Andamos até um restaurante e só então percebi o quanto estava faminta. Sentamos e o garçom veio pegar nossos pedidos. Enquanto esperávamos, ele foi contando mais sobre o lugar.

– A construção é um pouco antiga, necessita de reparos, mas tem potencial. Fica à beira-mar, no povoado de Santo Antônio, também chamado de "paraíso escondido". A procura pelos turistas é muito grande e seria um bom investimento.

– Se é tão bom assim, por que está fechado? – Perguntei, meio sem entender o motivo de um lugar tão promissor não estar sendo explorado comercialmente.

– Eu apenas comprei o lugar há alguns anos, mas ainda não tive tempo de fazer nada. O resort e meus outros negócios tomam muito do meu tempo.

Minha boca caiu aberta! Ele era dono do resort e, pelo jeito, de metade da cidade também.

– E vai me entregar assim, de bandeja, um negócio com alto potencial de lucratividade? A troco de quê? – Olhei para ele, desconfiada.

– Claudia, sou um homem de negócios, grandes negócios, e, sinceramente, uma pequena pousada não agregaria muita coisa, pensando no geral. Comprei o lugar por ter sido de grande importância na vida dos meus pais. O dono estava velhinho e eu não queria que a derrubassem para construir algum grande hotel ou coisa do gênero. Você tem ideias simples e, com certeza, manterá como uma pousada, já que esse é seu plano. Então, por que não?

Estudei seu rosto e ali só havia sinceridade. Logo chegou um risoto de camarões gigantes que me fez salivar. Sem cerimônia, me servi e me deliciei com os camarões. *Hum, como eu amo camarão!*

– Sabe, não são muitas as mulheres que comem com essa vontade toda. Geralmente pedem uma saladinha e ficam rodando a alface pelo prato.

Eu ri de sua observação.

– Eu amo camarão. E, sinceramente, estou numa fase em que não estou ligando para essas coisas não – falei antes de enfiar uma bela garfada daquela delícia na boca.

– Então, você tem que provar a sobremesa. Geralda, a cozinheira, faz um pudim de leite com coco e queijo que é de babar!

– Conhece a cozinheira pelo nome é? – Brinquei.

– Sim, eu conheço quase todos os meus funcionários pelo nome.

– Brincou que aqui também é seu? – A admiração era perceptível em minha voz.

– Ora, Claudia, não se espante. Eu te disse que tinha várias coisas, além do resort – ele pareceu meio chateado com a minha observação.

– Certo, Ramon. Vou tentar conter meu espanto – sorri, quebrando a tensão que começava a se instalar. – Mas, me diga, cadê essa sobremesa?

Ele riu e chamou o garçom, pedindo para nós.

Caramba, aquele pudim bem que podia ser chamado de manjar dos Deuses! Que delícia!

Depois que acabamos de comer, voltamos ao hotel para pegarmos o carro e irmos ver a construção.

Capítulo cinco

Em minutos, estávamos parando em frente a uma propriedade toda cercada por grades de ferro. No portão havia uma grande placa com aviso de propriedade particular. Ele acionou o controle remoto e o portão se abriu.

Dali mesmo dava para ver a pousada e era linda! Muito bem conservada, com o gramado perfeito e podado. Ele continuou pelo caminho que levava à entrada e estacionou. Saímos do carro e olhei em volta, admirada.

– Ramon, não me parece uma construção abandonada. Olha o gramado e a entrada!

– Tenho funcionários que cuidam da manutenção do lugar. Eu te disse que era um local especial para os meus pais. Mas, ainda assim, precisa de reparos para voltar a funcionar, uma repaginada, uma modernizada.

Abriu a porta principal e uau!

Tudo ali dentro era convidativo. A decoração com objetos da cultura local chamava a atenção, com suas cores e detalhes.

– A pousada conta com 25 suítes e tem um espaço mais reservado, onde se poderia construir bangalôs para aqueles que procuram por maior privacidade. É na parte das suítes que entraria o maior trabalho de modernização. Venha ver.

Outra vez ele apontou o caminho e me guiou com a mão na parte baixa de minhas costas.

Ai, aquele arrepio novamente.

Ele foi muito profissional, me mostrando todos os quartos, e eu tive que concordar sobre a modernização.

Eu me daria bem neste lugar! Estava me sentindo em casa, andando pela velha construção.

– Onde assino? – Minha felicidade não cabia em mim, e sentia meu sorriso crescendo a cada segundo.

– Não quer ver o espaço do terreno? O acesso à praia? – Seu tom era de surpresa.

– Ok, ok. Mas por mera formalidade. Já amei e me apaixonei por tudo aqui.

Caramba, eu precisava me conter. Essa impulsividade era o que sempre me colocava em problemas.

Ele me mostrou o escritório, que ficava em uma parte reservada. A cozinha enorme, o salão onde seria servido café de manhã e tudo mais. A área social da pousada era gigantesca! Saímos por uma porta que eu não havia prestado atenção, na parede oposta à porta de entrada.

E se fosse possível ficar ainda mais admirada, eu fiquei!

A vista era paradisíaca! O caminho para chegar à praia e ao mar, era muito bem cuidado e ladeado de flores. A grama verdinha, algumas palmeiras e aquela imensidão azul à minha frente, me deixaram de queixo caído.

– É ali – ele apontou para a parte gramada que se estendia paralela à casa principal. – Naquela parte ficariam os bangalôs.

Eu estava embasbacada com tudo. *Era tão perfeito!* Tudo parecia ter saído dos meus sonhos.

– Vou te fazer um preço especial. Vejo em seu rosto que se apaixonou pela propriedade. Promete mantê-la como pousada? E, se um dia resolver vender, a venderá para mim novamente? – Estendeu a mão em minha direção e eu apertei, concordando.

– Fechado. Pode colocar isso como cláusula contratual – confirmei, sorrindo.

Eu não conseguia parar de sorrir. Meu sonho estava se tornando real com aquela linda construção.

– Certo. Ah, sim, a sua casa. Estava esquecendo. Vamos voltar ao carro.

Pegou minha mão e me levou de volta para dentro do prédio, fechando tudo por onde passávamos. Entramos no carro e ele continuou pelo caminho lateral. Um pouco afastada da construção principal havia uma outra, com muros altos. Acionando o controle, um portão secundário se abriu.

– A casa é segura e independente da pousada, totalmente cercada com muros preservando sua privacidade, mas com acesso ao terreno da pousada. Assim, você não precisa sair, pegar a estrada, se estiver voltando para casa depois de um dia de trabalho. Tem também uma entrada pela estrada, claro, se precisar, e outra pela praia. Em todas tem um sistema de monitoramento por vídeo. Usei essa casa durante um tempo, então a equipei assim.

– Ramon, você caiu do céu. A pousada é tudo o que eu sempre quis. Parece saída de um dos meus sonhos e essa casa é incrível. Caramba!

Ele parou e repetiu o processo de mostrar a casa toda, todos os cômodos. Perfeitamente limpos e conservados.

– O pessoal que faz a manutenção da pousada também cuida da casa – explicou, certamente percebendo minha admiração pela conservação e limpeza do local.

– Certo. Vamos ser sinceros, Ramon – cruzei os braços e o encarei, estreitando os olhos em sua direção. – Dá para perceber que você usa tudo isso. Quais são suas intenções entregando tudo isso assim? Desculpa a pergunta, mas eu não te conheço e você está me entregando, de bandeja, tudo isso – abri os braços, numa atitude exasperada.

Ele chegou próximo a mim e passou os dedos em minha bochecha.

– Claudia, percebi em seus olhos e pelo jeito que você falou comigo no resort, que você já passou por muita coisa e alguma dessas coisas te deixou assim, sozinha e querendo um lugar só seu e o controle da sua vida. Eu tenho mais do que posso cuidar ou mesmo aproveitar. Esse lugar é especial para mim como eu já disse. Não costumo me enganar com as pessoas e sinto que você se dedicará à pousada. Vi o brilho em seus olhos lá dentro e o sorriso gigantesco em seu rosto – ele chegou bem perto e achei que tentaria me beijar, mas sua boca encostou em minha bochecha, em um beijo amigável. – E também serei seu amigo. O que precisar por aqui, pode perguntar. Se precisar conversar, estarei aqui também. Nunca uma mulher falou comigo como você fez hoje e isso fez com que a admirasse ainda mais.

A sinceridade em sua voz me fez abaixar um pouco mais minhas muralhas em relação a ele. Realmente, o clima entre nós era muito bom.

Tirando a abordagem inicial, ele estava se comportando muito bem, pois estivemos em mais de 30 quartos e ele não tentou nada. Poderia muito bem me atacar ali, já que estávamos sozinhos em uma propriedade fechada. Isso tinha que significar alguma coisa.

Num ímpeto, dei um beijo em seu rosto também e ele me brindou com aquele sorriso sincero, que iluminava seus olhos castanhos esverdeados.

– Certo, então, vamos cuidar da papelada – andei mais um pouco, prestando atenção em cada detalhe da minha nova casa, já pensando no que comprar. – Posso me mudar quando? – A ansiedade era um sentimento muito presente em mim, e nesse momento, predominante.

– Quando quiser. Só precisa abastecer a geladeira. Está tudo no pacote. Tem roupas de cama novas no armário de cada dormitório e o que você não quiser ficar, pode doar, vender, fazer o que bem entender.

Tudo ali era de muito bom gosto, creio que não mudaria muita coisa.

– Certo, vamos embora ou vamos perder o luau.

Ele bateu na testa, de brincadeira.

– Caramba, o luau. Vamos, sim. Melhor você ficar por aqui essa semana. Na segunda feira meus advogados cuidarão da documentação, e nos próximos dias já fechamos o negócio. Se quiser indicações, tenho os profissionais que fazem todas as reformas necessárias e um bom arquiteto – ele fechou a casa e continuou a me dar dicas, até chegarmos ao hotel. – Qual o seu número? Assim manteremos contato – tirou o celular do bolso e ficou esperando.

– Ah, claro – passei meu novo número para ele, que salvou no celular. Nisso, o meu começou a tocar e o pesquei dentro da bolsa.

– Esse aí é o meu. É só salvar. Pode me ligar para qualquer coisa.

– Obrigada, Ramon. Por toda a ajuda que sei que vou precisar e pela oportunidade.

– Não esquenta. Às 19h está bom? Para irmos ao luau?

– Aham. Estarei pronta. Encontro com você aqui. Até mais – acenei com a mão para ele e me dirigi aos elevadores.

Aquele formigamento em meu corpo retornou e eu sabia que ele estava me olhando ainda. Antes de entrar no elevador, acenei novamente, sorrindo.

Sozinha, dentro do elevador, suspirei. Ele seria um bom amigo e uma tentação do caramba. Mas o bom de tudo era ele, aparentemente, ter aceitado que não haveria nada entre nós. *Espero não ter sido precipitada em cortá-lo e aceitar tudo isso.*

A porta do elevador se abriu e fui para meu quarto.

Tomei um bom banho de banheira, relaxante e delicioso. Há muito tempo não me sentia tão feliz e realizada.

E eu devia tudo isso a ele.

Capítulo seis

Estava quase pronta para o luau quando bateram à porta. Não podia ser Ramon, pois tínhamos combinado de nos encontrar no saguão. Meio receosa, fui abrir.

– Senhora Claudia?

– Sim, sou eu – respondi ainda sem entender.

À minha frente estava um funcionário do hotel, um carregador, em seu traje completo.

– Desculpe o incômodo, senhora. Sr. Ramon pediu que lhe entregasse essa caixa – me passou uma caixa adornada com um laço vermelho. – Tenha uma boa noite, senhora.

Tocou no quepe que usava e foi embora.

Fechei a porta devagar, olhando para a caixa em minhas mãos, curiosa. Abri e dentro havia um envelope e alguma coisa embrulhada. Puxei o cartão do envelope e li.

"Chamei você para o luau, mas não perguntei se havia trazido roupa para isso. Então tomei a liberdade. Espero que goste.

Ramon"

Virei a caixa sobre a cama e puxei o papel que envolvia o tecido.

Uau!

Era lindo! Um vestido tomara que caia branco, com o bojo adornado com flores minúsculas e multicoloridas e uma saia longa e esvoaçante; ele era totalmente uau!

Arranquei a blusinha e o short jeans que havia colocado, provando o vestido que me caiu como uma luva. Olhei no espelho e dei uma volta. Ramon tinha muito bom gosto!

Peguei o papel e a caixa para jogar fora, e notei um outro pacote, menor. Sorri. Esse Ramon era muito galanteador.

Abri e ali estava o par de brincos mais delicados que já havia visto. Mini rosas prateadas, entrelaçadas na extensão de um ramo. Coloquei e, realmente, eram um ótimo complemento para o vestido.

Passei uma maquiagem leve e coloquei uma rasteirinha, já que estaríamos na praia não fazia sentido outro tipo de sandália.

Às 19h em ponto eu estava saindo do elevador e lá estava ele.

Lindo de viver!

Controle-se, Claudia, você não está à procura de um homem. Se bem que esse... hum. Não, nem pense nisso. Vamos ser amigos e nada mais.

– Você está linda! Parece que acertei seu número – me deu um beijo no rosto em cumprimento.

– Obrigada, Ramon. Mas sabe que não posso aceitar o presente. Deixe-me pagar por ele – sorri, tentando amenizar a grosseria de estar recusando um presente.

– Entendo, mas amigos fazem isso, não fazem? Ajudam um ao outro. Hoje, eu te ajudei, amanhã você pode me ajudar – aquele sorriso sincero me desarmou.

– Está bem, então. Você é muito bom com as palavras.

Ele riu, jogando a cabeça para trás, e aquela excitação me corroeu novamente. Quem sabe um dia eu me acostumaria com aquela gostosura toda sem me abalar.

– Vamos, será servido o jantar na praia.

É, eu estava literalmente ferrada até que o dia em que me acostumasse a tudo isso chegasse, pois ele encostou a mão na curva das minhas costas e estremeci de leve. Aquele jeito de me conduzir era covardia.

– Está com frio, Claudia?

– Não, acho que essa coisa toda, de tudo estar dando certo assim tão rápido, está me deixando nervosa.

– Vamos pedir um *drink* para você relaxar um pouco.

Fomos andando até a praia privada do resort, que estava lindamente decorada com tendas, flores e arranjos de frutas. Uma música gostosa tocava baixinho, como se fizesse parte do ambiente. No bar, ele pediu um *drink* de *vodka* e frutas regionais.

– Pode tomar, ele é fraquinho. Só vai fazer com que se solte um pouco e relaxe. Logo comeremos alguma coisa.

Sentamos em uma mesa no bar e conversamos. Muito. Sobre tudo e qualquer coisa. Àquele *drink* seguiu outro e outro. Contei minha vida toda para ele, e ele me contou a sua.

Ele vinha de uma família tradicional daquela região. Seus pais se amavam muito e hoje viajavam o mundo, conhecendo vários países, aproveitando ao máximo a terceira idade. Ele não tinha irmãos e desde cedo começou a cuidar de algumas coisas da família. Investiu primeiramente no restaurante que almoçamos hoje e foi abrindo outro, e depois uma farmácia, diversificando. Ele abriu um posto de combustível e assim foi indo, devagar e sempre; investindo o que ganhava. Hoje era proprietário de muitas coisas, com muitos funcionários e alguém de confiança que cuidava de tudo.

– Óbvio que, mesmo tendo alguém de confiança, eu fico de olho em tudo e controlo bem as coisas. O olho do dono é que engorda o gado – ele riu.

– Muito inteligente a sua forma de pensar, Ramon. Muitos na sua idade, e com dinheiro na mão, cometeriam loucuras, festanças e essas coisas.

– Devo tudo à criação que tive. Mesmo tendo dinheiro, eu sempre trabalhei com meu pai, ajudando em alguma coisa. Eles passavam muito tempo naquela pousada, pois se casaram naquele vilarejo. Cada comemoração, ocasião especial, aniversários, cada oportunidade que eles tinham, iam para aquela pousada. Por isso é especial e eu a mantenho bem cuidada. Eles amam aquele lugar.

– Se é assim, vou deixar um quarto para eles. Creio que vão gostar disso, e eu devo a você pela oportunidade.

– Seria o máximo! Eles vão amar saber disso. Vamos comer? – Ele se levantou e estendeu a mão para mim.

– Nossa! Acho que bebi um pouquinho demais – me senti meio tonta ao levantar.

– Se apoie em mim e vamos forrar o estômago.

– Ramon, você às vezes fala esquisito – levei a mão à boca.

A bebida tinha desligado o filtro entre meu cérebro e minha boca.

– Novamente, devo aos meus pais. Você vai ver a maneira como meu pai fala. Parece que pertence à outra época.

Enlaçou-me pela cintura e me senti agradecida pelo apoio. Assim, ele me levou até a tenda principal, onde estavam servindo o jantar.

– Hum, camarões!

– Vou pegar alguns para você e outras coisas. Espere aqui – me amparou de leve e me sentei à mesa. Pouco depois, ele chegou com um prato repleto de camarões, arroz branco e salada. Para beber, um refrigerante geladinho. – Melhor você tomar o refrigerante agora, o açúcar vai cortar o efeito do álcool e não misturei muita coisa no seu prato para não abusar do seu estômago.

– Obrigada por tudo, Ramon. Você está sendo um anjo.

O refrigerante estava perfeito e, junto com a comida, realmente diminuiu um pouco o efeito do álcool. Era muito gostoso conversar com ele, tudo tão natural.

Após o jantar, fomos assistir ao show de forró de uma banda muito conhecida na Bahia, *Cangaia de Jegue*.

– Vamos dançar um pouco? – Perguntou, me estendendo a mão.

– Ah, Ramon, eu não sei dançar isso não – ri, encabulada.

– Não se preocupe, deixa que eu te conduzo, é só acompanhar e sentir a música – me agarrou pela cintura e me apertou de encontro ao seu corpo.

Ele dançava maravilhosamente bem e, no final da primeira música, eu estava dançando como se tivesse nascido sabendo.

Começou outra música, e ele dançava e cantava, próximo ao meu ouvido: *Louca, louca, louca, arrocha com esse vestido que me deixa louco, louco, louco, já fico imaginando tudo sem a sua roupa... Looouca...* Aquela letra, o corpo dele roçando no meu, e os *drinks*, me deixaram imaginando coisas deliciosas. Se alguém imaginava o outro sem roupa era eu, quando olhava para ele e me lembrava daquele volume todo que ele ostentava no aeroporto.

Claudia, segure seus pensamentos. Amigos, lembre-se disso!

Fechei os olhos e me deixei levar pela música, me acabando de dançar com ele.

Como isso era bom! Deus, eu precisava muito disso!

Após várias músicas, nós voltamos para o resort, suados, cansados e rindo muito. Ele subiu comigo até meu quarto. Abriu a porta para mim e me passou o cartão.

– Boa noite, Claudia. Serei seu guia amanhã. Trouxe biquíni? Vou te levar para conhecer as praias da região. Bons sonhos – mandou um beijo com a mão e, virando as costas, foi embora sem esperar resposta.

Fiquei parada, atônita. *Ele realmente não tentou nada!*

Fechei a porta, tirei o vestido, deixando por ali mesmo, e me atirei na cama, dormindo quase que instantaneamente.

Capítulo sete

Na manhã seguinte, acordei com os raios de sol e corri para o banho. Ramon não havia dito que hora iríamos, mas eu ficaria pronta. Na realidade, eu não fazia ideia de que horas eram.

Passei protetor solar em todo meu corpo e coloquei o biquíni. Peguei um chapéu, óculos de sol, guardei o protetor na bolsa, junto com uma toalha.

Desci para o salão onde estava sendo servido o café e me sentei para comer. Minutos depois, Ramon apareceu na porta principal e abriu aquele sorriso lindo quando me viu. Veio em minha direção e se abaixou, dando um beijo no meu rosto.

– Bom dia! Preparada para um dia de mar?

– Preparadíssima – sorri, colocando um pedaço de mamão na boca.

– Você tem um apetite, hein? – Riu de mim.

– Não ligo para isso, já te disse. E não como demais, apenas o que gosto e preciso. Não quero ficar doente. Sendo sozinha, não seria uma coisa muito boa.

– Realmente, você tem razão – ele chamou o atendente, que rapidamente trouxe o café dele em uma bandeja.

– Ah, tratamento VIP!

– Uma das vantagens de ser o dono – sorriu.

Ah, aquele sorriso. Eu não ia me acostumar nunca e meu corpo respondeu, mesmo sem eu querer.

Comemos e ele me pegou pela mão, me fazendo levantar e ir com ele.

– Vamos logo, antes que o sol fique muito forte.

Fui indo direto para a saída principal, mas ele me parou.

– Não, Claudia, vamos pela praia.

Bem, por mim tudo bem, uma caminhada seria bom. Fomos andando até a praia onde teve o luau na noite anterior, só que andamos pelo caminho lateral durante uns minutos, e demos de frente a um deque.

– Vamos passear de barco. Espero que não fique enjoada no mar – ele avisou, com um sorriso.

– Amo o mar! Uau, vamos de barco!

Barco? Era muita humildade da parte dele chamar aquilo de barco. Era enorme!

Embarcamos e logo um rapaz nos trouxe *drinks* de frutas. Olhei desconfiada para o copo que me foi entregue.

– Não se preocupe, é só coquetel de frutas, sem álcool.

– Depois de ontem, é um milagre que eu não esteja morrendo de dor de cabeça.

– Milagre nada. Você comeu, bebeu uma bebida doce, dançou e suou muito. O álcool saiu do seu sistema rapidinho e nem foi tanto assim que você bebeu.

– Realmente, meu anjo da guarda! – Dei um beijinho em seu rosto.

Aquilo estava ficando mais fácil. A maneira dele falar era tão calma, e ele parecia tão seguro em tudo o que dizia que me sentia muito bem ao seu lado.

Ele foi me mostrando tudo; me dizendo os nomes das praias, contando sobre os projetos de preservação existentes na região e o dia passou muito rápido. Terminamos o dia com um passeio de *buggy* pelas areias, até o resort.

Ele me acompanhou novamente até a porta do meu quarto e se despediu como na noite anterior.

***

No dia seguinte, não o vi no café da manhã nem no almoço.

Andei pelo vilarejo, passei por algumas lojas e fui novamente naquele restaurante e comi o risoto de camarões gigantes outra vez. *Eu nunca me enjoaria de camarão!*

À tarde, ele ligou, pedindo meus dados para o contrato de venda da pousada. Conversamos um pouco e ele disse que estaria preso até o dia seguinte com um problema em outro hotel, em Salvador.

Passeei mais um pouco e retornei ao resort. Pedi à comida no quarto e me deitei na companhia de meu vibrador. O aproximei do meu corpo e, fechando os olhos, imaginei que ele era o pau de Ramon.

Não tive como não imaginar isso depois de dançar agarrada e passar um dia maravilhoso com ele de sunga ao meu lado. Era ruim admitir, mas eu senti a falta dele hoje. Então, meu vibrador ganhou um nome.

Ramonzinho.

Ri da minha idiotice, mas o riso morreu quando o encostei em meu clitóris. Eu estava muito sensível e cheia de tesão. Em minutos, eu estava gozando, chamando o nome dele baixinho.

***

A semana passou rápida, jantamos juntos algumas vezes e voltei a Salvador na sexta-feira, a fim de entregar meu apartamento e pegar minhas coisas. Depois de algumas viagens ao carro, tudo estava guardado. Passei na imobiliária e entreguei a chave.

– A senhora ainda tem mais quase dois meses de aluguel pago, dona Claudia – a atendente se surpreendeu. – Alguma coisa desagradou a senhora?

– Não, em absoluto. Só não preciso mais do apartamento. Está tudo certo. Esse é meu novo endereço, caso precisem me achar, para qualquer coisa a respeito da locação – passei meu endereço e logo estava na estrada.

Minha casa!

Eu nem acreditava na sorte que tive. Mas, como dizia minha falecida mãe, coisas boas acontecem para pessoas boas!

Eu já havia decorado o caminho até a pousada, ia até lá todos os dias para admirar meu novo bebê. Chegando na frente da casa, acionei o controle e entrei. O portão se fechou automaticamente após o carro entrar.

Comecei a descarregar o carro e logo a sala estava cheia de coisas. Fui distribuindo pelos cômodos, começando com as coisas da cozinha, que poderiam estragar depois de tanto tempo fora da geladeira. À noitinha, eu já estava com tudo arrumado.

Sentei no sofá, coloquei uma música gostosa e relaxante para ouvir. A casa tinha um sistema de som integrado e a música estava em todos os ambientes.

Eu tinha que agradecer essas conveniências ao Ramon qualquer hora dessas.

Vinho! Eu tinha que comorar a casa nova! Levantei em um salto e fui até a cozinha. Peguei uma taça, o saca-rolhas e abri uma bela garrafa de vinho! Coloquei até a metade e, levando junto a garrafa, voltei ao sofá.

Minha casa nova era tudo de bom! Segura, linda e equipada com tudo o que eu precisava.

Essa semana começariam as obras na pousada e, de acordo com o que o pessoal do Ramon prometeu, em 2 meses estaria pronta para a grande inauguração. Quando chegasse mais perto, eu entraria em contato com os sites de hotelaria e viagens, jornais e tudo mais, para divulgação. Já havia escolhido o nome, "*Pedacinho do Céu*", pois ela seria o meu pedacinho do céu na terra, meu sonho tornando-se realidade.

Estava na metade da garrafa e já com um fogo daqueles, pensando em ir buscar o Ramonzinho, que havia guardado em meu quarto, quando meu celular tocou.

– Oi, como está de casa nova? – Ramon nem esperou que eu dissesse alô.

– Oi para você também! Está tudo em ordem; já guardei minhas coisas e agora estou comemorando! – Minha voz já estava alegre demais.

– Hum e tem mais uma taça? Estou chegando. Você abre o portão? Trouxe uma pizza.

Caramba! Como assim? Estava chegando?

– Claro, vou abrir.

Fui correndo, descalça, abrir o portão principal e logo ele entrava com o carro na garagem, o portão se fechando automaticamente atrás dele. Apagou os faróis e saiu do carro trazendo uma caixa de pizza.

É, eu estava com fome!

Corri os olhos pelo corpo dele e, mamãezinha, como ele estava gostoso de calça jeans agarradinha e camiseta polo.

– Espero que esteja com fome, trouxe uma gigante!

Quando ele disse a palavra gigante, me lembrei da porcaria do livro, onde a mocinha chamava o pau do cara de "meu gigante". Meus olhos desceram até aquele volume na calça dele e engoli em seco.

– Claro que estou! Entre.

Saí do caminho e ele entrou, indo direto para a cozinha. Chegando lá, já foi abrindo os armários e gavetas, pegando tudo e nos servindo.

– Estou faminto! – Ele falou, dando uma mordida em um pedaço assim que cortou.

Eu, alegrinha por causa do vinho, ri dele.

– Está achando graça, é? Prova aqui essa delícia!

Chegou com a pizza recém-mordida perto de minha boca e dei uma mordida. Os olhos dele caíram em minha boca e o vi engolindo em seco.

Ah, ele me queria!

Colocou seu pedaço no prato e levou os dois para a sala, colocando na mesinha. Fui atrás, levando um apoio para colocar na mesa e a caixa.

Peguei mais uma taça e nos sentamos para comer, no sofá. Ele parecia estar em casa bem mais do que eu. Comemos e conversamos. Quando nos demos conta, já tínhamos acabado com a garrafa de vinho e uma outra estava pela metade, e a pizza já era.

– Vamos dançar um pouco, venha – ele se levantou, meio tonto, e eu também.

Ao som de *Carrie – Europe* dançamos agarradinhos. Encostei em seu peito.

Ramon era bem mais alto que eu, então, quando fiz isso, escutei seu coração batendo descompassado. Nesse momento, ele afastou os quadris de mim, obviamente para que eu não percebesse sua ereção. Começou a tocar *Still loving you – Scorpions.*

Nossa, só antigas! Nós dois, já altos pelo vinho, começamos a cantarolar a música, afinal quem, na nossa idade, não conhecia a letra? O clima esquentou, eu senti que ele queria me beijar, pois me olhava com desejo; olhava em meus olhos e em minha boca.

Eu queria aquele beijo!

Mas, então, ele se afastou.

– Poxa, não acho que eu esteja em condições de dirigir. Posso dormir aqui?

– Claro que pode. Vamos acabar com esse vinho? – Peguei e coloquei o restante em nossas taças.

Tomamos e, no final delas, já estávamos muito sonolentos e bem tontos. Ele estendeu os braços para mim e me encaixei neles. Adormecemos ali, no sofá, abraçados.

Na manhã seguinte, acordei com o cheiro dele em meu nariz. *Deus, que homem cheiroso!* Podia apostar que era *Acqua di Gio*. Muito dele usar um perfume *Giorgio Armani*. Qualquer hora dessas eu perguntaria. Fui me levantar e senti seus braços me apertando.

– Bom dia, Claudia – ele murmurou, sonolento, me beijando a testa.

– Bom dia, Ramon – retribui, beijando seu peito.

Nesse instante, percebi um movimento mais abaixo e meus olhos se prenderam em sua ereção.

Ai. Meu. Deus.

– Não ligue para ele, Claudia. Sempre acordo assim. Ainda mais se tem uma mulher linda em meus braços. Ele tem vontade própria. – Ramon riu e dei um tapa de leve em seu peito.

– Mande "ele" não ter ideias.

– Ah, Claudia, coitado; ele não tem noção. Só sabe que tem um rabo por perto e se atiça todo.

Ele estava se divertindo com essa situação, então por que eu levaria a sério?

– Vamos lá, posso usar seu banheiro? Aquele vinho todo quer sair – ele riu novamente.

Como ele era bem-humorado pela manhã!

– Claro que pode! Fique à vontade. Já sabe onde fica, não é?

Levantei para que ele pudesse sair dali. Eu precisava fazer xixi também, então fui para meu quarto e usei o banheiro. Aproveitei e tomei banho. Estava lá embaixo do chuveiro, quando Ramon abriu a porta o suficiente para que eu pudesse ouvi-lo.

– Claudia, tenho que ir. Surgiu um imprevisto no resort. Depois te ligo, tudo bem?

– Ok, vai com cuidado.

– Beijo, até mais.

Fechou a porta e se foi. *Bem, se aquilo não era uma amizade muito gostosa, o que seria?*

Fiquei no chuveiro sexualmente frustrada. Primeiro pelo fogo do vinho, depois por ter acordado nos braços dele e sua ereção gigante e agora com essa intromissão.

Juro que eu queria que ele tivesse entrado, arrancado suas roupas e se enfiado no chuveiro comigo, me comendo com força contra a parede do box.

Louca de tesão, saí molhada mesmo, deixando o chuveiro ligado e fui buscar meu Ramonzinho. Já fazia bem uns 10 minutos que Ramon havia se despedido, então me deitei na cama e liguei o vibrador.

Eu estava realmente necessitada!

Não havia percebido, mas em frente à minha cama tinha um espelho enorme e fiquei me olhando, enquanto o vibrador entrava e saía de mim. Com meus olhos grudados no reflexo do espelho, fantasiei com ele mandando ver em mim. Em minutos, eu estava gozando, chamando por ele.

Esperei minha respiração voltar ao normal e larguei o brinquedo ali, em cima da cama, e voltei para o banho.

RAMON

Meu Deus!

Esqueci de avisar que o pessoal da obra viria essa tarde dar uma última olhada na pousada, pois eles tinham que medir a área reservada, onde ficava o escritório e o vestiário dos funcionários.

Deixei a porta que dava para a garagem aberta e subi correndo os degraus. Chegando perto do quarto dela, ouvi uns gemidos e olhei pela fresta da porta.

Teria que agradecer a Deus mais tarde por eu ter colocado aquele espelho próximo à cama. Ela se masturbava e olhava no espelho.

Caralho!

Quase perdi a cabeça e entrei no quarto! Segurei e apertei a cabeça do meu pau, que latejava.

Tinha coisa mais erótica do que uma mulher se dando prazer?

A maneira como ela tocava os seios, apertando os mamilos e gemendo; o vibrador entrando e saindo daquela bocetinha linda! Eu passaria horas chupando aquela delícia.

Foi quando minha boca caiu aberta e tive que firmar meus pés no chão, para não cometer a loucura de entrar ali.

Claudia jogou a cabeça para trás e gemeu, um gemido rouco. *O meu nome saiu daquela boca quando ela gozou! Eu não estava ficando louco!*

Fiquei ali, parado, embasbacado. Então ela se levantou e largou o vibrador em cima da cama e voltou para o banho.

Não resisti e entrei no quarto.

Eu precisava sentir, pelo menos, o cheiro dela. Peguei o brinquedo e cheirei.

Puta que pariu! Eu sou um pervertido. Como seria o gosto dela?

Não resistindo, aproximei de minha boca e provei. Um gemido saiu de mim. Ela era doce!

Caralho, caralho! Eu tinha que ir embora dali! Ou então eu entraria naquele banheiro e não responderia pelos meus atos!

Recolocando o brinquedo no lugar, saí correndo dali o mais rápido que eu pude.

Capítulo oito

RAMON

Chegando em casa, fui direto para o banheiro tomar um banho gelado. A imagem dela naquela cama não saía da minha cabeça.

Caralho! Eu já não conseguia pensar em outra coisa, que não fosse ela, antes de ver aquilo. Como seria agora? Nunca quis tanto uma mulher em minha vida e Claudia não dava sinais de estar disposta a tentar ainda. Mas ela também me queria, sempre tive a impressão de que ela lutava contra esse desejo, mas depois de vê-la gozando e chamando meu nome, isso era certo.

Ela era importante demais para mim, eu não podia fazer um movimento errado com ela.

Jesus, eu estou fodido.

Se eu tentasse alguma coisa cedo demais, eu a perderia. Perderia sua confiança e sua amizade, perdendo assim sua presença tão necessária para mim quanto o ar que respiro.

O jeito seria continuar a comê-la na punheta e em minha imaginação.

Um grunhido de desespero escapou de mim.

Minhas roupas ainda tinham o cheiro dela. Dormir com ela em meus braços foi a coisa mais deliciosa que já fiz e a mais torturante. Passaria por aquela tortura sempre que desse.

Quando achei que estava recomposto o suficiente, liguei para ela. No segundo toque, ela atendeu.

– Fala, Ramonzinho.

– Claudia, esqueci de dizer que daqui a pouco os rapazes da obra vão dar uma última olhada na pousada e mostrar as mudanças que você pediu no projeto.

– Hum, está bem. Vou ficar de olho. Você está bem, Ramon? Parece ofegante. Não está doente, está?

– Não, eu estava treinando quando lembrei que não tinha te avisado – menti descaradamente. Meu pau latejava, duro como pedra, e a voz dela me fazia lembrar do meu nome saindo de sua boca, com um gemido. – Era isso, Claudia. Está tudo bem aí?

– Está sim, Ramon. Vou lá para a pousada esperar por eles.

– Certo, até mais então – não esperei por resposta e desliguei o telefone.

Banho gelado! Já. Ou então meu pau ficaria todo esfolado de tanta punheta na intenção dela.

CLAUDIA

Desliguei o celular e coloquei no bolso, peguei um par de sapatos, uma toalha de rosto e o controle dos portões. Fui andando pela praia até a pousada.

Ah, como eu amava o mar.

Aqui era tudo tão calmo; a imensidão azul, a areia fofinha sob meus pés. Passaria um bom tempo andando por ali, mas a pousada era perto e logo cheguei. Lavei meus pés para tirar a areia, sequei com a toalha e, colocando os sapatos, entrei em minha pousada dos sonhos.

Os rapazes da reforma chegaram e foram tirar as medidas que faltavam.

– Dona Claudia, aqui está o projeto com as mudanças pedidas, podemos começar segunda. Vamos entregar dentro do prazo, fique tranquila – o encarregado pela obra me disse, com um sorriso no rosto.

Olhei e aprovei o projeto.

– Certo, me ligue quando chegarem ou passem em minha casa que os acompanho. Quero ficar por perto e por dentro de tudo.

Despediram-se e fechei a pousada.

Resolvi andar um pouco mais na praia. Eu precisava pensar.

Eu queria Ramon, *desesperadamente.*

Mas ele parecia estar focado no lance amizade e nunca tentou nada. Dançamos agarradinhos, meio bêbados, dormimos abraçados e nada.

Como eu queria que ele me pegasse de jeito. Hum, homem gostoso!

Mas não. Seriamos só amigos, e assim eu o teria por perto para sempre. Sem desilusões, sem promessas e sem tê-lo realmente.

Melhor pingar do que secar, como dizia minha mãe.

O celular vibrando em minha bunda me fez pular e dar um grito. Ainda bem que eu estava sozinha na praia. Que mico!

– Alô.

– Claudia, vou sair com alguns amigos hoje à noite. Quer ir comigo? Assim você fica conhecendo mais gente. Vamos? Passo aí às oito.

– Está certo. Vou sim. Para onde vamos?

– Vamos tomar uns *drinks,* jantar, dançar depois. Alguma coisa assim.

– Ok, estarei pronta. Até mais.

– Até, então.

Bem, se era para ser assim, ficaria ao lado dele como uma boa amiga. E paciência.

Voltei para casa e me deitei na rede da varanda do meu quarto, olhando o mar. Logo a correria iria começar. Obra, o pessoal entrando e saindo e, logo após, a abertura da pousada e eu não teria descanso.

Eu aproveitaria essa noite.

Com esse pensamento, fui me arrumar. Como tinha tempo, hidratei os cabelos, fiz as unhas e caprichei na depilação. Logo depois, tomei um senhor banho relaxante. Coloquei um vestido preto lindo, saltos, os brincos que ele me deu e uma maquiagem impecável.

Coloquei um pouco do perfume novo que havia comprado, mas que nunca tinha usado. *J'adore.* Será que Ramon ia gostar? Peguei minha bolsa e desci.

Cheguei na sala exatamente na hora em que ele buzinou. Conferi se estava tudo fechado e saí para encontrá-lo.

Entrei no carro e ele se inclinou para me dar um beijo na bochecha.

– Hum, que perfume gostoso! Não é o que você usa todo dia – ele cheirou meu pescoço, apoiando a cabeça em meu ombro. – Uma delícia – deu um beijo na pele delicada do meu pescoço e um arrepio me percorreu. Afastou-se, voltando ao volante. – Bem, vamos? – Mudou a marcha e o carro se pôs em movimento.

Ele estava muito lindo, de camisa preta e jeans escuro, cinto e sapato também preto. Aquela barba por fazer, baixinha... ah, eu devia ter usado meu Ramonzinho antes de sair com ele, assim ficaria um pouco mais imune àquilo tudo.

Cerca de vinte minutos depois, entrávamos em um restaurante aconchegante. Ramon, como sempre, me conduziu com a mão na curva das minhas costas até uma mesa que tinha umas dez pessoas.

– E aí, Ramonzito! Achamos que não viria mais! – Um rapaz moreno se levantou e eles se cumprimentaram.

– Pessoal, essa é minha amiga Claudia. Claudia, esses são: Miguel, Rogério, Matheus, Henrique, Caio, Juliano, Marina, Érica, Mariano e Elaine.

Dei um oi geral para todos. Ele puxou uma cadeira para que eu me sentasse e se sentou ao meu lado, colocando o braço possessivamente no encosto da minha cadeira.

Fingi não ligar, mas, por dentro, aquilo me aqueceu.

Aquelas pessoas eram realmente muito simpáticas e em pouco tempo estávamos todos conversando animadamente. Os *drinks* chegaram e provei uma caipirinha de cereja. Nossa, que delícia! Logo chegaram os pratos e me esbaldei em uma moqueca deliciosa. Ramon pegou um dos camarões em seu prato e veio com o garfo em minha direção.

– Abra – seus olhos faiscaram quando minha boca se fechou no garfo.

– Hum, uma delícia! – Disse, limpando a boca no guardanapo. – Eu devia ter pedido um desses.

– Eu me lembro que você adora camarões – ele disse, já vindo com outro camarão espetado em seu garfo para mim.

Mariano, que estava sentado ao meu lado também, pegou um camarão do próprio prato e imitou Ramon.

– O meu é diferente. Prove – ele levou seu garfo à minha boca.

– Hum, é apimentado! Uau! – Era realmente uma delícia.

Ele começou a conversar comigo sobre seu prato e olhei disfarçadamente para Ramon, que se concentrava em comer toda a sua comida, quieto.

Coloquei a mão em sua coxa e me inclinei em sua direção, chegando perto de seu ouvido.

– Ramonzinho, o seu estava mais gostoso – e dei um beijinho em sua bochecha.

Alguma coisa se mexeu próxima à minha mão e sorri para ele. Era tão gostoso saber que ele não era imune a mim também! Ele retribuiu o sorriso e se alegrou um pouco, voltando a conversar com todos.

Logo percebi o interesse de Mariano, que estava aproveitando todas as situações para me tocar. Colocava meu cabelo atrás da orelha, tocava em minha mão, coisinhas assim. Pequenos toques aqui e ali.

Todos resolveram esticar para uma boate, para dançar um pouco. Desde que dancei com Ramon no luau, nunca mais tinha saído. Eu estava adorando a noite!

Lá, todos fomos para a área VIP e garrafas de espumantes foram trazidas à nossa mesa. Ramon sempre ao meu lado e Mariano se insinuando.

As meninas perguntaram se eu queria dançar e fui com elas para a pista de dança. As bebidas do jantar e o espumante estavam fazendo efeito e eu me sentia leve. Braços me cercaram a cintura e me virei para ver quem era, na esperança de que Ramon tomasse uma atitude.

Mas era Mariano.

Bem, que mal teria eu ficar com alguém? Estava há meses sem ter ninguém e realmente eu andava carente. Vai ver era por isso que eu estava tão ligada a Ramon.

Ficamos todos dançando ali e os outros se juntaram a nós. Uma taça cheia foi colocada em minha mão e eu, com sede e calor, tomei toda de uma vez, o que serviu para me deixar um pouco mais tonta.

Bem, era o que eu precisava para tomar coragem!

Virei, procurando Mariano, mas ele havia sumido. Continuei dançando com todos, mas Mariano não voltou.

Vai ver não era para ser mesmo, paciência.

Assim, à noite seguiu e perto das três horas da manhã fomos embora. Despedi-me de todos, muito feliz por ter feito novos amigos.

Em frente à minha casa, me inclinei para dar um beijo de despedida em Ramon.

– Nem pense que eu vou te deixar assim, meio alta e sozinha. Vamos, vou ficar com você – ele tomou o controle da garagem da minha mão, abriu e entrou com o carro.

O portão se fechou atrás de nós e ele desligou o motor, o silêncio nos engolfando. Minha cabeça pulsava e eu estava feliz. Muito tonta, mas feliz.

Não esperei que ele abrisse a porta do carro e saí, tropeçando no nada. Ri e tirei os sapatos, deixando-os por ali mesmo. Ramon me seguiu e dei graças a Deus por ele estar atrás de mim quando comecei a subir os degraus para o meu quarto.

Caramba, eu tinha bebido tanto assim?

Ramon entrou em meu quarto e foi direto para o meu banheiro. Voltou com um pouco de algodão e meu demaquilante nas mãos.

– Feche os olhos. Você estava deslumbrante esta noite, mas prefiro você de cara limpa – me deu um beijo no rosto e começou a retirar minha maquiagem. Quando se deu por satisfeito, ele se levantou e voltou para o banheiro, retornando com minha camisola, que eu deixava pendurada atrás da porta, nas mãos.

– Fique de pé.

Ri da sua cara, concentrada.

Ele começou a descer o zíper lateral do meu vestido e eu tirei as mangas, deixando que ele escorregasse para meus pés. Percebi que Ramon respirou fundo e passou a camisola pela minha cabeça. Eu o deixei me vestir, como uma boneca.

Puxou a roupa de cama e apontou.

– Deite-se, eu já venho.

Obedeci e ele saiu porta afora, retornando em seguida com um copo d'água e um comprimido.

– Tome, para não ficar com dor de cabeça pela manhã.

Tomei e deitei a cabeça no travesseiro. Ele se deitou ao meu lado e ficou acariciando meus cabelos até que dormi.

RAMON

Caramba, essa noite foi torturante!

Que ideia a minha, dividi-la com meus amigos. Mariano não entendeu que ela era *minha*! Na pista de dança, eu tive que retirá-lo de lá, levá-lo a um canto e mandar que sumisse de perto da minha Claudia. Eu a queria tanto que não pude deixá-la simplesmente quando chegamos aqui. Fiz de tudo para que ela ficasse bem e comigo.

Agora mesmo, eu não tinha forças para me afastar.

Ela dormia como um anjo ao meu lado. A camisola, que já era curta, havia subido com seus movimentos durante o sono e agora deixava à mostra sua calcinha preta, rendada. *Porra!*

Mesmo sabendo que eu deveria ir embora e me afastar dela, eu não conseguia. Tirei os sapatos, o cinto e a camisa, e retornei para sua cama, deitando-me ao seu lado. Claudia moldou seu corpo ao meu, me abraçando.

Eu estava cansado, e mesmo doido para acordá-la e devorar aquele corpo agarrado a mim, me contive e adormeci, abraçado a ela.

Capítulo nove

CLAUDIA

Acordei agarrada a um peito peludo e duro. Olhei para cima e vi Ramon, adormecido. Detalhes da noite anterior vieram à minha mente e sorri.

Ele tinha cuidado direitinho de mim e em nenhum momento tinha tentado se aproveitar da situação.

Desvencilhei-me dele, lentamente, para que ele não acordasse, peguei umas roupas no *closet* e fui ao banheiro. Depois de um banho, eu estava me sentindo muito bem. Quando saí, ele ainda dormia em minha cama.

Seu peito definido subia e descia lentamente. Meu olhar desceu por seu abdômen até o volume espetacular em suas calças. Ele devia realmente ter um pau enorme.

Eu não devo ficar pensando essas coisas, caramba. Somos amigos. Ele já demonstrou de mil e uma maneiras que é só o que vamos ser.

Meneando a cabeça, saí do quarto sem fazer barulho e fui fazer nosso café da manhã.

Estava terminando de colocar a mesa para o café quando ele apareceu, de cabelos molhados, descalço e com a camisa aberta.

– Espero que não se importe, mas usei seu chuveiro. Bom dia – se abaixou e me deu um beijo nos cabelos.

– Sente-se e coma – sorri e me sentei, pegando um pedaço de pão e servindo um pouco de café preto em minha xícara.

– Estava pensando, você precisa contatar uma agência de empregos e começar a entrevistar algumas pessoas. Eles vão começar a reforma e logo ficará tudo pronto. Não tem muito o que fazer na pousada.

– Eu já pensei nisso. Olhei na internet e encontrei algumas em Salvador.

– Eu acho que o trabalho local seria melhor. Vou te passar o número da agência de empregos que eu uso, é do Matheus. Ele pode te auxiliar nisso.

– Falando em seus amigos, o que aconteceu com Mariano ontem? – Perguntei, dando uma mordida em meu pão.

– Não sei, acho que ele teve que ir embora. De todos, ele é o mais doido. Resolve e some mesmo. Não se preocupe com ele.

– Se você está falando. – Dei de ombros. – Obrigada por cuidar de mim ontem.

– Imagine, Claudia. É o que os amigos fazem – acariciou minha mão e continuou a comer.

E lá estava ele, afirmando mais uma vez que éramos amigos. Apenas bons amigos. Suspirei e terminei meu café. Conversamos mais um pouco sobre a pousada e a reforma.

– Tenho que ir embora. Você vai ficar bem?

– Uhum, logo vou para a pousada fazer alguns planos.

– Ok. Depois te ligo, está bem?

Ele me deu um beijo no rosto e se foi. Retirei a mesa do café e arrumei tudo.

Peguei minha câmera, minha bolsa e as chaves, fechei tudo e saí pela praia. Eu estava amando morar à beira-mar. O cheirinho do mar que vinha com a brisa, a paisagem... era tudo lindo demais.

Em minutos cheguei à minha pousada, meu sonho, cada dia mais perto da realidade.

Tirei muitas fotos do antes, faria um mural depois da reforma. Seria uma lembrança muito especial que ficaria no saguão principal por algum tempo e depois enfeitaria a parede do meu escritório, a concretização do meu sonho. Graças ao Ramon.

Andei pelos quartos e achei alguns detalhes inusitados, como monogramas entalhados nos parapeitos das janelas e nas madeiras das camas, por alguns casais apaixonados que quiseram deixar suas marcas para a posteridade. Dentro dos armários, havia algumas peças de roupa, certamente esquecidas pelos últimos hóspedes, aparentemente bem antigas, entre outras coisas que não escaparam da lente da minha câmera.

Então cheguei em um dos quartos que realmente me chamou a atenção pela decoração primorosa, e resolvi que esse seria o dos pais de Ramon. Fui até o escritório, peguei a chave do quarto e tranquei a porta. Esse seria meu presente para ele, por tudo o que estava fazendo por mim.

Voltei para casa, tirando mais fotos da linda paisagem e da pousada vistas da praia.

O mar me chamava.

Durante todo esse tempo que estava aqui, não tinha realmente entrado no mar, apenas molhado meus pés na água durante a minha caminhada.

Coloquei um biquíni mínimo, bem pequenininho, passei bastante protetor solar, peguei um chapéu, a canga, meus óculos escuros, passei pela cozinha e comi uma fruta, saindo pelo portão que dava para a praia. Levando o controle comigo, fechei a casa. Segurança em primeiro lugar.

O mar, com ondas baixinhas e calmas, parecia uma piscina. A água estava divina, morninha e deliciosa. Tão clara e límpida que dava para ver os peixinhos no fundo, alguns mais abusados vinham nos meus pés e faziam cócegas.

Perdi a noção da hora, apreciando as coisas boas da vida e a natureza. Também a paz e o sossego que logo não fariam mais parte da minha vida, pois, se Deus ajudasse, a pousada seria um sucesso e a praia, hoje deserta, ficaria cheia de turistas. Cansada de andar e nadar, estiquei minha canga e me recostei em uma pedra, na beirada do mar.

– Não tem visão mais linda no mundo! Se eu fosse um pintor, eternizaria esse momento em uma tela – a voz de Ramon me tirou do torpor causado pelo cansaço, sol e pela água.

– Que susto! O que está fazendo aqui, Ramon? Não tinha coisas para fazer? – Perguntei, sobressaltada.

– Claudia, eu tentei te ligar e você não atendeu. Tentei por várias vezes. Me preocupo com você aqui sozinha e isolada. E hoje é domingo, dia de passear.

– Está certo. Então não fique aí, levante as barras da calça e venha um pouco para a água. Está tão gostosa!

Ramon abriu os botões da camisa que usava, e eu literalmente babei. Seu peitoral iluminado pelo sol era uma coisa louca. Dei graças a Deus por estar com meus óculos de sol, assim ele não pode ver meus olhos grudados em seu corpo.

Para minha surpresa, ele retirou também a calça, ficando apenas com a boxer preta, e entrou na água, chegando até mim.

– Vamos brincar então!

Ele me pegou nos braços e me jogou na parte mais funda. Meu chapéu e óculos ficaram flutuando. Ele os pegou e atirou na areia, mergulhando atrás de mim. Gritei, esperneei e acabei me divertindo horrores com ele, como duas crianças.

Deitamos na minha canga.

– Obrigada por existir na minha vida, Ramon. Você é um anjo que caiu do céu – beijei seu rosto.

Ele sorriu, aquele sorriso sincero e lindo que iluminava seu rosto e chegava a seus olhos.

– Certas coisas estão fadadas a acontecer, Claudia. Creio que nós dois somos um caso assim. Destinados a sermos amigos – acariciou meus ombros. – Acho que está na hora de voltar para casa. Olha como seus ombros estão vermelhos!

Não tive como negar que ele estava certo. Então recolhi a canga, peguei o chapéu, os óculos e o controle que estavam na areia. Ele pegou sua roupa e retornamos para minha casa.

– Vá tomar um banho, com água morninha. Se você não tirou de lá, embaixo da pia do quarto de hóspedes tem uma loção para acalmar a pele. Vou pegar para você.

E lá estava ele, cuidando de mim novamente.

Tomei o banho e me arrependi amargamente por ter colocado um biquíni tão pequeno, pois, com a pele vermelha e ardendo um pouco, era impossível usar outra peça que não fosse um fio dental.

Era isso ou nada.

Enfiei um vestido leve e desci. Ele já havia tomado banho e estava vestido com a calça.

Nossa que homem gostoso!

– Sente-se aqui, Claudia. Vou passar nos seus ombros.

Sentei-me ao lado dele. A loção era refrescante, mas foi o contato das mãos dele no meu corpo que arrepiou minha pele. Quando ele abaixou o zíper para passar em minhas costas, me senti ardendo de desejo e tive que juntar todas as minhas forças para não gemer baixinho.

Eu vou me queimar mais vezes, só para sentir as mãos dele em mim! Que delícia!

Quase gritei, frustrada, quando ele ergueu o zíper, fechando meu vestido.

– Pronto. Isso não vai dar problemas. Vamos para a cidade mais tarde? Vai ter outro luau hoje no resort.

– Me diverti muito no outro. Vamos sim.

Ficamos um pouco na rede, descansando, e quando chegou a hora de ir, estávamos acabados pela brincadeira na água.

– Ah, Ramon. Acho que o luau vai ter que ficar para outro dia. Estou com as pernas pesando uma tonelada de tão cansada. Havia me esquecido como a água detona a gente.

– Está bem, concordo com você. Não tenho vontade nenhuma de me levantar daqui a não ser para comer e voltar para a rede – ele riu com vontade.

Tirou o celular do bolso.

– Passe para a Geralda, por favor – esperou um pouco e recomeçou. – Geralda, boa noite. Faça um risoto de camarões, com os maiores que tiverem aí. Junte um refrigerante bem gelado e peça para entregarem na minha casa, a da beira-mar. Isso, faça uma salada refrescante também. Obrigado.

Minha boca se encheu d'água ao ouvir a palavra camarões!

– Só esperar e a comida logo virá até nós.

Horas depois estávamos novamente na rede, ouvindo música e muito satisfeitos após os camarões deliciosos.

– Vou embora, Claudia. Amanhã à tarde eu passo pela pousada para te ajudar. Às vezes, os homens são difíceis de lidar. Qualquer coisa me ligue e eu venho.

Eu concordei com um "uhum" baixo, estava quase adormecendo na rede. Então, ele me deu um beijo nos cabelos e foi embora.

Levantei da rede com muito esforço, fechei tudo, desliguei a música e me deitei de vestido mesmo e adormeci na mesma hora.

Capítulo dez

Às 9h eu estava na pousada, esperando o pessoal da reforma. Estava tão ansiosa que não esperei que me ligassem.

Mandei mensagem para que fossem direto para lá. Logo depois, eles começaram a chegar, carregados de materiais, colocando tudo no refeitório, que seria o último lugar a ser reformado.

Realmente seria rápido.

Retiraram os móveis antigos, colocando-os no caminhão. Eles seriam doados para duas instituições que cuidavam de idosos, que ficaram muito felizes com a mega doação.

No final da noite, vários quartos estavam com os banheiros quebrados e eu, quebrada também.

Já eram seis da tarde quando Ramon chegou.

– Não me ligou, então ocorreu tudo bem. Eu espero.

Ele parecia meio triste por isso.

– Ramon, você tem seus negócios para cuidar. Deu tudo certo, os homens me obedecem e parece que estamos indo bem e rápido. São quatro homens e cada um pegando um quarto por vez. Vai ser rápido.

– Amanhã vou passar o dia com você. O que acha de nós pintarmos o quarto que você separou para meus pais? Eu e você, pincéis, tintas? Hum? O que me diz? – Aquele sorriso retornou ao seu rosto e não pude negar nada a ele.

Mas também me lembrei da minha idiotice do dia anterior.

– Não sei, Ramon. Estou ardida ainda.

– Você passou a loção hoje? – Neguei com a cabeça. – É por isso. Vamos lá para sua casa, você toma um banho e eu passo para você. Não pode ficar assim, passando dor à toa.

– Certo – me abracei a ele, esgotada por ficar acompanhando tudo o dia todo.

Ele retribuiu o abraço de leve por causa da minha ardência.

Isso me deixou emocionada. O cuidado que ele tinha comigo era muito lindo! Nunca ninguém fez isso por mim.

Nem mesmo o pulha do João.

Safado.

Os homens se despediram, fechamos a pousada e novamente agradeci a Deus por Ramon ter aparecido e estar de carro. Rapidinho ele cobriu o caminho até minha casa e abri o portão.

– Fique à vontade, Ramon. Vou tomar um banho e já volto.

Ele se largou no sofá e ligou o som. Subi e um tempo depois eu retornei, encontrando a mesa posta, uma salada com aspecto delicioso e um *spaguetti* à bolonhesa saindo fumaça.

– Assim eu vou ficar mal-acostumada.

– Sente-se. Você trabalhou duro hoje. Merece uma comidinha especial.

Puxou a cadeira para mim e me sentei.

– Ramon, não precisa fazer essas coisas. Eu sinto que estou atrapalhando sua vida.

– Não se preocupe. Está tudo certo. Venho porque gosto da sua companhia. Prefiro mil vezes a sua companhia sincera, do que o povo bajulador com quem convivo. Você é única, espirituosa, e somos muito naturais juntos. Não tem aquela puxação de saco, a babação em cima de mim. Parece uma falsidade sem limites. Você não tem noção do quanto isso enche.

– Se você diz, eu acredito. Mas acho que não é nem falsidade dessas pessoas, apenas querem agradá-lo. Você é o poderoso, o chefão, o cara com a grana. Querem apenas ficar por perto e tentam agradar. Demasiadamente. E tudo o que é demais, exagerado, acaba pegando mal.

– Sei que prefiro mil vezes estar aqui, comendo esse macarrão que eu mesmo fiz, do que aturando esse povo – ele encheu seu prato e passou a travessa para que eu me servisse. – Após o jantar, eu vou passar a loção em suas costas. Não pense que eu me esqueci – riu, colocando uma garfada de *spaguetti* na boca.

– Quanto ao quarto, o que tem em mente?

Ele começou a contar e sua empolgação foi contagiante. Meu maior medo era não conseguir colocar aquilo em prática. Na pior das hipóteses, os rapazes terminariam por nós.

RAMON

Depois do jantar, Claudia mal podia ficar com os olhos abertos, de tão cansada.

– Vamos lá, você se deita e eu passo a loção – sugeri e não me surpreendi quando ela foi subindo a escada, em direção ao quarto.

Deitou-se, colocando os cabelos para o lado e puxou um travesseiro, abraçando-o.

Peguei a loção e abri seu vestido, expondo suas costas. Deixei pingar algumas gotas em sua pele. O frio da loção fez ela gemer e empinar a bunda como ato reflexo.

Alguém poderia explicar para meu pau que aquilo não foi para ele?

A saia do vestido ergueu com o movimento, deixando à mostra a curvinha daquela bunda linda.

Respirei fundo e comecei a espalhar as gotas pela sua pele, deixando uma camada mais grossa nas partes onde estava mais avermelhada.

Percebi que sua respiração ficou mais leve e, quando olhei seu rosto, ela estava dormindo com os lábios entreabertos.

Fechei devagar seu vestido e, não resistindo, encostei meus lábios, bem de leve, nos dela. Em seu sono ela sorriu.

Linda.

Demais.

Um dia, quem sabe, ela seria minha. *Se houver um Deus lá em cima, ela será!*

Então, de pau duro e mal me aguentando, saí do quarto.

Desci as escadas e coloquei os pratos do jantar na lava-louças. Saí fechando a porta atrás de mim. Essa seria mais uma noite daquelas!

CLAUDIA

Acordei meio desorientada. *Já era de manhã!*

Levantei e procurei por Ramon. Não havia nem sinal dele. A louça estava lavada, ainda dentro da lava-louças.

Retornei ao meu quarto e tomei um banho. Coloquei uma roupa confortável, pois hoje pegaríamos o quarto dos pais dele. Tomei café correndo e fui para a pousada, saindo pela praia.

Minutos depois de entrar e abrir as portas e janelas do saguão principal, os homens começaram a chegar e o barulho da quebradeira recomeçou. Coloquei meus fones tentando bloquear o barulho e fui para o quarto que pintaríamos hoje. Comecei a retirar a decoração e tudo mais que pudesse ficar no nosso caminho.

– Acordou inspirada hoje! – Ramon disse, tirando meus fones.

– A loção foi ótima. Obrigada. Desculpa por eu ter dormido ontem. Foi mal – me desculpei, dando um beijinho em seu rosto.

– Bem, então vamos lá! Trouxe tudo. Plástico para cobrir o armário, a cama e o piso. Tinta, pincéis, rolos, tudo!

Ri da sua empolgação.

Ramon pegou meu celular e retirou o fone, deixando a música se espalhar pelo quarto. Logo o quarto estava preparado para começarmos a pintar.

Comecei a pintar a beirada do rodapé com um pincel, e conforme ia progredindo, eu ia me arrastando, de joelhos. Então, sem perceber, bati a cabeça nele, que uivou de dor.

Jesus! Coitadinho, dei uma cabeçada em seu saco!

Sem pensar duas vezes, larguei o pincel e coloquei a mão onde tinha batido, para só depois perceber o que eu tinha feito.

– Desculpe, não foi a minha intenção. Caramba, desculpe mesmo.

– Tudo bem, Claudia. Cacete, que cabeça dura você tem!

– Posso dizer a mesma coisa para você – falei sem pensar, novamente agindo no impulso. – Tão duro que achei que era sua perna, ou coisa assim. Estava com a cabeça onde? – Continuei de brincadeira, para não pesar o clima. Afinal, eu tinha posto a mão em suas partes.

– Engraçadinha – ele riu de mim. – Vai, continue a pintar. Já, já passa.

– Certeza que não quer uma massagem? – Brinquei novamente.

Ganhei uma olhada capaz de calar qualquer um.

– Já disse que estou bem, e não ofereça o que não está pronta para fazer – agora ele estava com a cara fechada, pela primeira vez em todo esse tempo.

Levantei-me e o abracei.

– Desculpa, Ramon. Verdade, estava só brincando. Não fique bravo comigo.

Estiquei-me para dar um beijo em seu rosto, pois ele não se abaixou como sempre fazia para receber meus beijinhos. Teria que tomar cuidado para não fazer mais brincadeiras envolvendo suas partes deliciosas, quer dizer, suas partes delicadas.

– Está bem. Perdoada – me olhou nos olhos, os dele ficaram dançando nos meus. – Mas não brinque com essas coisas.

– Certo.

Nesse momento, começou aquela música que dançamos no luau e que ele cantou em meu ouvido. Seu sorriso retornou e o alívio me invadiu.

– Vamos dançar um pouco, assim tudo passa mais rápido.

Dançamos e, sinceramente, eu duvidava muito que a dor dele tivesse passado, pois ficava se roçando em mim e o sentia duro ainda, contra minha barriga.

Assim que a música terminou, ele me beijou no rosto e deu um tapinha de leve em minha bunda.

– Vamos continuar – ordenou e eu não tive outra escapatória a não ser voltar para o chão, tomando o cuidado de não repetir a cabeçada.

Depois de algumas horas pintando, a primeira demão estava pronta.

Capítulo onze

– ***Com fome?*** – Ele perguntou, estendendo a mão para mim.

– Morrendo! – Peguei a mão dele e ele me puxou para fora do quarto.

– Vamos comer, então.

– Estamos sujos de tinta, não podemos sair assim!

– Confia em mim?

– Confio.

– Ok, feche os olhos. E venha.

Fiz o que ele pediu e, entre risinhos de excitação, fui seguindo-o.

– Não se assuste. E não abra os olhos.

Ele me pegou no colo e senti que subia as escadas que levavam ao andar superior.

Andou mais um pouco comigo no colo e eu já estava louca para abrir os olhos, quando ele me colocou no chão e me virou de costas para ele.

– Pode abrir.

Abri e tive que piscar algumas vezes para me acostumar com a luz do sol. E quando consegui enxergar direito, dei um gritinho de excitação.

– Uau! Que lindo! – Enlacei seu pescoço e dei muitos beijinhos em sua bochecha, fazendo-o rir.

À nossa frente estava uma toalha estendida no chão, arrumada com requinte, no meio havia uma travessa com salada verde e outra com camarões!

– Tudo para minha parceira de pintura – me beijou os cabelos, no topo da minha cabeça. Em resposta, meu estômago roncou, arrancando risos de nós dois. – Acho que sua barriga acabou de chamar os camarões. Vamos comer – deu uma pressionada de leve no meu ombro e foi se sentar.

Sentei e fiquei observando-o. Ele se portava como se estivesse sentado à mesa, mas, na realidade, estava era sentado no chão duro.

Ele serviu um prato generoso para mim e devorei tudo.

Conversamos banalidades; sempre tínhamos assunto. Estávamos nos divertindo quando o celular dele tocou. Ele deixou tocar até parar, mas recomeçou a tocar insistentemente.

– Você não vai atender?

– Não. Estou com você e nada é mais importante – ele emendou. – E temos um quarto para terminar.

– Isso é verdade. Mas, me diz, como você conseguiu isso tudo aqui?

– Geralda – ele chamou num tom mais alto e uma senhora baixinha e meio gordinha, de cabelos grisalhos, saiu para a sacada. – Geralda, conheça a Claudia.

A senhora estendeu a mão para mim e apertei, cumprimentando-a.

– Sou uma grande fã da sua comida! Esses seus camarões são uma coisa de louco.

– O senhor Ramon me disse, senhora. Faço com o coração e de muito boa vontade – sorriu e percebi que ela era uma alma boa.

– Pode trazer o pudim, Geralda? Claudia adorou da outra vez.

– Sim, senhor, só um momento.

– Ela trouxe tudo? – Sussurrei para ele.

– Não, ela fez aqui na cozinha da pousada mesmo. Alguns homens vieram comigo e limparam a parte da preparação. Então ela cozinhou.

– Você é demais, Ramon!

– Você mereceu, Claudia. Cedeu aquele quarto para meus pais e não só isso, ainda está ajudando na pintura. Merece uma boa refeição – Geralda voltou trazendo dois pratos com pedaços generosos de pudim de leite com coco e queijo.

– Essa combinação é deliciosa!

– Já disse que adoro te ver comer? – Percebi em seus olhos uma emoção diferente ao dizer isso, mas achei melhor não me iludir.

– Já, sim. Eu adoro essas maravilhas, não tem como fazer média com tudo isso! – Apontei para as travessas agora vazias e meu prato de pudim quase vazio.

– Termine de comer sua sobremesa e vamos descansar um pouco na rede. Trouxe a minha para cá – apontou para a ponta da sacada.

A vista era divina. Iria me refestelar naqueles braços e peito durinhos. Já que não podia tê-lo, teria os pouquinhos que ele me oferecia e sua amizade.

Acabei e me levantei. Ele imitou meus movimentos e foi até a rede. Deitou-se e abriu a parte lateral para mim. Deitei-me e aconcheguei-me ao seu corpo. A brisa, a comida, o balanço da rede e a delícia de seu abraço me deixaram sonolenta. Para piorar minha situação, ele começou a acariciar meus cabelos, fazendo um cafuné bem de leve...

Despertei desnorteada e agarrada ao corpo de Ramon. Já estava anoitecendo!

– Ramon, acorde! Dormimos à tarde toda – tentei me levantar, mas seus braços me apertaram.

– Só mais um pouquinho, Claudia. Nem amanheceu.

– Mas que amanheceu o quê! – Chacoalhei-o novamente. – Ramon, é de tarde. Acorde homem! O pessoal da obra deve estar sem saber o que fazer, isso se já não juntaram as coisas e foram embora – eu não escutava barulho algum vindo da pousada.

Ramon despertou e me olhou.

– Caramba, caímos no sono. Mas eu não me importo, dormir com você é muito gostoso – ele me beijou os cabelos e deixou que eu me levantasse. – Não fique assim, Claudia. Não estamos acostumados a pintar paredes. Nos cansamos, comemos muito bem e acabamos adormecendo. O mundo não vai acabar por conta disso.

– Realmente, essa soneca foi boa, mas estou preocupada é com os homens. Vamos descer e ver como estão as coisas.

Descemos e a pousada estava vazia.

Andamos pelos quartos e não encontramos ninguém. Fechamos o quarto que estávamos pintando, terminaríamos no dia seguinte. Estávamos de saída quando percebi alguém parado no canto, escondido nas sombras.

– Ramon, tem uma pessoa ali! Escondida! – Sussurrei alarmada.

– Claudia, você só percebeu hoje? Desde que você se mudou ele está aqui. É o seu segurança, ele fica de olho em tudo aqui durante à noite. Eu tinha razão em achar que você precisava de alguém – Ramon riu de mim.

– Como você faz uma coisa dessas e não me diz nada? – Disse, ríspida.

– Você já olhou em volta? É uma praia quase deserta, não tem muita coisa por perto. Você é uma mulher linda, sozinha, comandando uma obra, com homens trabalhando para você, que com certeza já perceberam que você mora sozinha. Não é demais pensar em sua segurança! – Ele respondeu no mesmo tom. – Faz dias que ele está aqui! E você só percebeu sua presença hoje! E se fosse um ladrão? Um aproveitador? Ou sei lá o quê? Já teria te atacado e você não teria percebido nada! Não fique brava comigo por pensar no seu bem!

Ramon abriu a porta do carro para mim. Puxa vida, ele estava coberto de razão.

– Ok, desculpe. É que isso me pegou de surpresa. Obrigada mais uma vez, Ramon – falei, assim que ele entrou no carro.

Ele se virou para mim e passou a mão por meus cabelos, colocando uma mecha atrás de minha orelha.

– Você não está acostumada a ficar sozinha, Claudia. Ainda mais no meio do nada. Eu disse que seria seu amigo e a ajudaria no que fosse preciso, e segurança é a coisa mais preciosa. Ainda mais quando se tem uma propriedade desse tamanho e tudo mais. Isso chama a atenção de pessoas mal-intencionadas. Entenda, por favor. Não é só por ser mulher. É o conjunto todo – me deu um beijo na testa. – Amanhã, eu te apresentarei aos três seguranças que se revezam na propriedade. Vou ligar pela manhã e pedir que os outros dois venham à tarde. Tudo bem?

– Certo. Mas com uma condição. Se eles cuidam da minha propriedade e da minha segurança, nada mais justo do que eu pagar o salário deles.

– Está bem, Claudia – ele riu baixinho e ligou o carro. – Mas saiba que Luis, aquele homem ali – Ramon apontou para onde Luis se encontrava, – ele trabalha para mim, cuidando da propriedade, desde que a comprei. Eu ajudo sua família, dou cesta básica e muito mais.

– Ramon, vou precisar que você me dê umas dicas quando começar a contratar. Realmente, eu não faço ideia dessas coisas – resmunguei, pensando no quanto eu estava despreparada.

– Vamos fazer assim, o que acha de receber aulas de gestão? Eu venho todos os dias à noite e te passo o que sei. Sou formado e posso fazer isso – me olhou e continuou. – Se você quiser, é claro.

– Ah, eu não posso Ramon. Você tem sua vida, suas coisas para cuidar. Na faculdade, eu tive aulas sobre isso, mas faz tempo. Vou procurar um curso e...

– Nem pense em continuar. Se estou oferecendo, é porque eu posso e quero estar com você todas as noites – respirou fundo. – E te ensinar seria um prazer.

– Se não for te incomodar.

– Em absoluto! Eu terei o maior prazer em te ajudar a ser autossuficiente para comandar seu próprio negócio – aquele sorriso enorme e sincero que me desarmava totalmente apareceu em seu rosto e retribui, sorrindo também. – Começaremos assim que terminarmos o quarto.

– Obrigada pela ajuda, Ramon – me estiquei e dei um beijo em seu rosto.

Aquele lindo sorriso ficou ainda maior.

Que boca linda!

Desviei o olhar, não poderia ficar pensando no que aquela boca seria capaz.

Eu preciso sair com alguém e matar esse tesão todo que eu sinto por ele.

Fiquei pensando nisso nos poucos minutos até chegar em casa e abrir o portão para que ele entrasse com o carro.

– Amanhã cedo, então, eu volto para terminarmos. Boa noite, Claudia.

Despedi-me dele, fiquei olhando o carro sair da garagem e o portão se fechando atrás dele.

Suspirei e fui até a cozinha, preparei alguma coisa para comer e peguei meu *notebook*. Estava na hora de fazer uma lista das coisas que seriam necessárias para a abertura da pousada.

Fiquei entretida na internet e nas buscas, até que me dei conta de que já era madrugada. Aquela soneca da tarde tinha acabado com meu sono, mas o dia de amanhã seria puxado.

Deixei tudo por ali, subi para meu quarto e tomei um banho relaxante, caindo na cama logo depois. Revirei de um lado para o outro, sem parar de pensar em como ele havia se tornado importante na minha vida, até cair no sono só para sonhar com ele.

***

Pela manhã, Ramon ligou dizendo ter surgido um problema e que não poderia vir para terminarmos o quarto dos pais dele. Como era um projeto nosso, não mexi também. Esperaria ele para que fizéssemos juntos, conforme havíamos planejado.

Passei o dia me arrastando, louca de sono por ter ido dormir tão tarde.

Bocejei e me estiquei toda, tentando tirar a bobeira que se alojou em meus músculos, durante o tempo em que fiquei sentada nessa cadeira. As letras na tela do note já estavam ficando desfocadas, meus olhos ardiam e meu corpo pedia pela minha cama.

Olhei para o relógio e suspirei. Já era hora de os homens irem embora.

Fechei o escritório e desci, a tempo de ver o último saindo. Tranquei a porta, verifiquei as janelas e saí, colocando a chave em seu lugar secreto.

Assim que pisei na areia fofa da praia, uma paz me preencheu e, despreocupada, retirei minhas sandálias e fui andando pela beirada da água. O som das ondas se quebrando ao longe, amplificavam meu sono. Parei, contemplando o horizonte e o pôr do sol magnífico a minha frente.

– Claudia.

Ouvir aquela voz me fez gelar por dentro.

João!

Me virei, o sono se esvaindo completamente.

– Posso saber o que faz aqui, João?

– Claudia, isso é maneira de receber seu marido?

– Ah, João, corta essa. Estamos separados há meses!

– Não aos olhos de Deus! – O encarei, incrédula com suas palavras. Ele percebendo, mudou o tom e continuou. – Vim te pedir perdão. Não posso viver com isso em minha consciência.

Olhei para as sandálias que segurava, pensando seriamente em jogar nele com toda a minha força.

– Perdão? Olha, João, a gente perdoa o que incomoda, o que ocupa um lugar dentro da gente, que magoa. Infelizmente, o que você fez não me importa mais, nem um pouco. Na realidade, tenho até que agradecer sua falta de caráter, pois sem isso eu nunca teria tomado a decisão que tomei e não estaria morando aqui, nesse lugar maravilhoso, rodeada por pessoas boníssimas.

– Você não pode estar falando sério. Eu te amo! Depois que você me mandou embora, me dei conta do quanto te amo, do quanto você é importante para mim. Claudia, você é a mulher da minha vida! Preciso de você!

– Você precisa do meu dinheiro. – Suspirei. – Vá embora, João. Volte para sei lá onde você está no momento ou com quem estiver. Vá viver sua vida e me esqueça. É o melhor que você tem a fazer.

Ele aproximou-se de mim e, deliberadamente, elevei um dos braços deixando as sandálias a postos para bater nele, caso tentasse alguma coisa. Eu estava sozinha em uma praia deserta com ele, que aparentava não estar bem psicologicamente.

– Eu quero você, Claudia. Quero o que tínhamos juntos. Queria tanto poder apagar o que fiz e voltar no tempo.

– Homem de Deus, você está se escutando? Está me escutando? Vá embora. Não faça isso com você, João. Já não foi humilhação demais o que você passou?

– Não vou embora até te convencer.

– Criatura, tome seu caminho de volta de onde veio. Eu e você não temos mais nada em comum, nada de nada. Você foi um erro, mas um erro providencial de Deus para me colocar no caminho certo. Agora, por favor, vá. Não me faça o expulsar da minha praia.

– Aham. – Ele me segurou pelo pulso, num movimento rápido, me impedindo de mexer a mão com a qual segurava minha única arma. Logo depois, me puxou para perto e me prendeu pela cintura. – Você e qual exército?

O encarei, lívida de raiva. Abri minha boca para retrucar, mas nesse momento ele foi arrancado de mim e jogado na areia.

– O exército pode se resumir a mim. – Ramon prendeu as mãos dele nas costas e colocou seu joelho em cima de João e olhou para mim. – Você está bem, Claudia?

Olhei atônita para ele. *De onde Ramon havia surgido?*

– Estou, sim. – Respondi olhando para os lados, e vi Luis e outros dois seguranças correndo em nossa direção.

– Luis, Daniel, levem-no para a delegacia, vou falar com o delegado e explicar tudo. Angelo, volte para seu posto. – Ele se levantou e os dois assumiram. O outro segurança, moreno, deu meia volta e correu em direção à pousada. Daniel retirou uma algema do bolso e passou pelos pulsos de João. Ramon me abraçou e me deixei relaxar em seus braços fortes.

– Ele pode fazer isso? – Sussurrei para Ramon

– Sim, Claudia. Daniel é policial, só não está em serviço agora.

João se debatia e enchia os dois de desaforos.

– Claudia, eu volto! Me espere, amor.

Não dei ouvidos a ele. João devia estar com sérios problemas se achava que eu ainda era seu amor, ou vivendo num mundo de fantasia, só podia.

– Venha, Claudia, você está tremendo e pálida.

– Eu estou bem, Ramon. Só um pouco cansada, dormi muito pouco essa noite. Como você chegou aqui?

– Eu estava chegando para te apresentar os outros seguranças e encontrei com os funcionários da obra, na estrada. A pousada estava fechada, então dei a volta saindo pela praia, pois se você não estava no caminho para casa, decerto estava indo pela areia. Foi quando o vi se aproximando de você. Vim correndo e eu estava perto o suficiente para escutar o que ele disse quando te agarrou. O resto foi consequência. – Suspirei e me aconcheguei ao seu peito. Eu estava tão cansada. – Vamos para sua casa, faço alguma coisa para comermos enquanto você toma um banho e depois você vai para a cama.

Me afastei um pouco, o olhando, fixamente. Nossos olhos dançavam um nos outros. Não pude impedir meu olhar de se desviar para sua boca perfeita e imaginar seu sabor e a textura.

Ele me puxou para seu peito e me beijou os cabelos, respirando fundo.

– Vamos, está ficando escuro e eu ainda tenho que ligar para o delegado.

Fui com ele, cansada demais para dizer alguma coisa, apesar do tesão que me consumia.

Entrando em casa, Ramon fez exatamente o que disse, indo direto para a cozinha, mexendo no celular para fazer a ligação. Subi para meu quarto e tomei um banho rápido.

Ao retornar para a sala, escutei Ramon cantarolando na cozinha e me aproximei da porta, devagar. Ele lavava algumas folhas de alface e dançava lentamente, o que fez misérias com a minha imaginação. Nesse momento ele percebeu minha presença e virou a cabeça, falando comigo.

– Uma salada? Ou você está com muita fome?

– Uma salada vai ser perfeito. Quer ajuda? – Não dei tempo para que negasse e fui pegando os pratos que ele havia separado e levei para a mesa.

Nunca uma salada esteve tão saborosa, sem falar da companhia.

Ramon agora, além de tudo, era meu herói. O que teria acontecido se ele não tivesse aparecido?

– E o que aconteceu com João? – A pergunta escapou, como que um pensamento em voz alta.

– Expliquei para o delegado. Ele o autuou por desacato, pois foi enchendo o Luis de desaforo até a delegacia. Seria bom você entrar em contato com o seu advogado e pedir para ele entrar com uma liminar, colocando uma distância mínima para o seu ex chegar perto de você. Assim, evitam-se situações como essa no futuro. – Ele estava preocupado e era perceptível pela ruga em sua testa.

– Essa semana eu falo com o Jorge, não se preocupe Ramon. Vou ficar mais esperta.

– Claudia. – Ramon pegou minha mão, acariciando de leve minha pele e me olhando nos olhos. – Você tem um segurança sempre à disposição. Use-o. Avise que está saindo e ele a acompanhará até em casa. Essa é a função dele, proteger você. Se quiser privacidade, pensar ou estar sozinha, ele a acompanhará à distância. Prometa-me que nunca mais sairá sozinha assim pela praia.

Com ele me olhando daquela maneira, não tive como negar nada.

– Está bem, Ramon. Farei isso.

Ele beijou minha mão e se levantou, levando os pratos para a cozinha. O ajudei e logo estava tudo na mais perfeita ordem.

– Eu vou embora, então. Feche tudo e vá dormir.

Eu concordei com a cabeça e o acompanhei até a porta. Ele me deu um beijo no alto da cabeça e se foi. Fiquei observando até o portão se fechar e então fechei tudo e fiz o que ele havia sugerido, pegando no sono tão logo encostei a cabeça nos travesseiros.

Capítulo doze

A semana passou, terminamos o quarto dos pais dele e ficou lindo. João foi esquecido, as aulas começaram e eu me esforçava muito para acompanhar e entender tudo. Coisa complicada!

Era sábado à tarde e eu estava de bobeira na rede, depois de passar o dia todo na obra. Logo Ramon chegaria para nossa aula e eu não via a hora de colocar meus olhos nele.

Imaginar também consola.

Foi pensar isso, meu celular tocou. Corri para pegar e era ele.

– Ei, quer dar uma escapada hoje? É aniversário da Marina, todos vão se reunir para comemorar na boate que fomos na outra semana. O que me diz?

Bem que eu estava precisando relaxar um pouco.

– Ok, quero sim.

– Certo, então vá se arrumar que em uma hora eu te pego.

– Ramon, mas esse encontro na boate não é bem mais tarde? Pelo que sei, esses lugares não abrem tão cedo.

Ele riu do outro lado.

– Sim, mas acho melhor jantarmos antes de ir. Sabe como é, beber de barriga vazia não é bom.

Ele sempre preocupado, que lindo!

– Está certo. Uma hora então.

– Beijo.

Desliguei o celular depois de mandar outro para ele, morrendo de vontade de perguntar onde seria aquele beijo, mas não teria cabimento uma pergunta dessas. Suspirei e fui me arrumar.

Em cinquenta e cinco minutos eu estava pronta, impecavelmente arrumada para uma noite em companhia de amigos.

Bem, um pouco mais que isso, já que minha intenção era arrumar um carinha gostoso para matar minhas vontades.

Meu Ramonzinho era muito bom, mas nada comparado ao calor da pele, uma barba roçando a pele, uma boa pegada e lábios percorrendo meu pescoço.

Eu estava realmente necessitada! Só em pensar nisso já me senti impaciente. *Como seria bom!* Suspirei e me olhei mais uma vez no espelho próximo à porta. Ramon era muito pontual e exatamente uma hora após sua ligação, escutei a buzina do lado de fora.

Saí, fechando tudo atrás de mim.

– Uau! Você está deslumbrante!

Ele disse, assim que entrei no carro, se inclinando em minha direção para um beijinho no rosto.

– Obrigada. Você também está muito elegante.

– Caramba, você está com aquele perfume novamente.

Ah, aquele sorrisão lindo! Retribui e ele colocou o carro em movimento.

O jantar foi delicioso, experimentei um bobó de camarão e fiquei ainda mais apaixonada pela culinária local.

– Você vai pegar nojo de comer camarões – ele brincou.

– Não acho. Na realidade, isso nunca acontecerá, pois amo de paixão! Comeria todos os dias se possível.

– Então, eu vou tentar fazer você comer sempre – pegou minha mão e beijou. – Falta algum tempo ainda para a festa da Marina. Quer conhecer minha casa?

Seus olhos brilharam quando ele me convidou e minha esperança brilhou como o sol.

Quem sabe não é hoje que tudo muda?

Concordei e, quando chegamos em sua casa, fiquei de queixo caído.

Uau!

A residência parecia saída de uma revista! Dentro de um condomínio, a casa não tinha cercas ou portões. O gramado impecável era decorado por vasos e folhagens, luzes estrategicamente posicionadas davam à casa um ar de sonho. A porta enorme, abria girando sobre seu eixo e a sala, caramba, enorme e com pé direito alto. Era magnífica! A mobília então, meu Deus! Agora entendi porque ele não ligou em vender a casa da praia para mim. Perto da dele, realmente, não era grande coisa.

– Sente-se. Quer beber alguma coisa? Um vinho?

Ele perguntou, já servindo duas taças. Eu apenas aceitei.

– Tem certeza de que não tem problemas em me sentar aqui? Parece que nunca foi usado. Sua casa é magnífica, Ramon.

– Realmente, eu não trago muita gente aqui. Na realidade, minha casa é meu castelo. A morada de um cavaleiro solitário.

Ele riu e bebeu um pouco de seu vinho.

– Tadinho. Vou te fazer companhia nesse casarão sempre que você quiser.

Ficamos conversando um pouco e ele puxou meus pés para seu colo, tirou minhas sandálias e começou a massageá-los.

– Já pensou em ser modelo de pés, Claudia? Você tem pés tão lindos, ganharia uma boa grana deixando-se fotografar.

Eu ri com vontade.

– Você enlouqueceu. Não são tão bonitos assim. E outra, eu morro de vergonha de tirar fotos.

– Boba, você é linda. Qualquer hora dessas vou tirar um monte de fotos suas para acabar com essa vergonha.

O celular dele tocou.

– Oi, Matheus. Claro que vamos. O quê? – Ele olhou para o relógio e continuou. – Em quinze minutos estaremos chegando – desligou e olhou para mim. – Nos atrasamos! Vamos, estão nos esperando.

Ele se levantou e recolocou minhas sandálias, alcançou minha bolsa e, pegando a chave do carro, fomos para a boate. Chegando lá, nos colocaram as pulseiras VIPS e fomos dançando, com Ramon me segurando junto ao seu corpo pela minha cintura, entre as pessoas, até a área reservada para a festa da Marina.

– Parabéns, Cotinha! Aqui está um presente nosso. Meu e da Claudia.

Abri a boca para retrucar, mas deixei assim. Não tinha como eu ter comprado um presente mesmo, já que fiquei sabendo tão em cima da hora. Depois, em outra oportunidade, eu explicaria e daria uma lembrança a ela.

A cumprimentei também e vi que Mariano estava agarrado à cintura dela. Ai meu Deus, minhas esperanças para com ele foram ralo abaixo.

Marina nos apresentou a outros amigos e um deles era bem-apessoado. E me olhou com uma cara safada.

Bingo! Seria esse mesmo que eu pegaria essa noite!

Com todos conversando, logo estávamos na pista, dançando, com taças de espumante sendo servidas o tempo todo. Enquanto eu dançava, Mariano e Cotinha se agarravam na pista, bem ao meu lado. As mãos dele passeavam pelas costas dela, agarrando sua bunda e apertando-a contra ele. Ela agarrava os cabelos dele, esfregando-se em sua perna, suas bocas coladas em um beijo obsceno. A dança dos dois era sensual demais para minha pessoa, cheia de tesão e sem ter quem o aplacasse.

A música alta e a batida deliciosa, junto com o espumante, me transportaram para um mundo onde nada importava. Fechei os olhos, deixando a música me levar e então mãos me pegaram pela cintura, por trás, e eu nem quis saber quem era. Dancei, me esfregando ao corpo desconhecido, que não era tão bem-dotado como Ramon, mas daria para o gasto.

Sua boca encostou na curva do meu pescoço e me entreguei à carícia, minha pele se arrepiando toda. Deitei a cabeça para o lado, dando acesso e permissão.

Senti que suas mãos começaram a acariciar minha cintura, subindo em direção aos meus seios e gemi baixinho.

Abri os olhos e Ramon estava à minha frente, com cara de poucos amigos. Seus olhos brilhavam enquanto encaravam o homem que me acariciava.

De repente, as mãos que me afagavam se afastaram e, depois de um beijinho em meu pescoço, o homem se foi. Olhei feio para Ramon, que retribuiu o olhar com a mesma ferocidade.

Caramba, não me queria, mas não deixava ninguém querer também!

Irritada e decidida, me virei, dançando com as meninas, e meus olhos caíram sobre o moreno, amigo de Marina. Ele veio todo sorridente falar comigo e começamos a dançar. Ele era tímido e não tentou nada logo de cara.

Ficamos conversando e dançando por muito tempo. Voltamos para a área VIP e descobri que ele tinha um restaurante em Salvador e morava lá. Contei sobre a pousada e ele se interessou pela reforma, o assunto rendendo para o resto da noite.

Então Ramon me pegou pela mão.

– Vamos, Claudia? Está tarde.

Olhei para Thiago, esse era o nome dele, que sorriu e se despediu de mim com um beijo no rosto.

Que merda, não seria hoje também!

Despedi-me de todos e fui com Ramon. Por ter ficado conversando com Thiago, eu tinha parado de beber e agora eu não estava nem um pouco tonta, nem nada. Completamente sóbria, frustrada e, como não podia ser diferente, cheia de tesão.

Ramon não disse uma palavra durante todo o caminho para minha casa. Na frente do portão, ele se inclinou, me deu um beijinho e se despediu.

Bem, se era para ser assim, paciência.

– Até mais, Ramon. Obrigada pela noite, foi muito gostosa.

Ele concordou com a cabeça e ficou me olhando entrar em casa, para só então ir embora.

Subi as escadas, retirando as sandálias pelo caminho. No meu quarto, deixei o vestido cair e tomei um banho frio. Depois de alguns minutos com meu Ramonzinho, adormeci satisfeita.

Capítulo treze

Na manhã seguinte, acordei me sentindo culpada.

Tudo bem que eu e Ramon não tínhamos nada um com o outro, mas havíamos ido juntos. Suspirei, me sentindo a pior das pessoas. Então, fiz uma coisa que não havia feito ainda.

Liguei para ele.

– Claudia, aconteceu alguma coisa? – Perguntou preocupado.

– Não, está tudo bem – respirei fundo. – Eu só queria pedir desculpas pelo meu comportamento ontem à noite. Fui com você, mas fiquei conversando com aquele cara. Foi grosseiro da minha parte. E na pista… bem, desculpe.

Até que não tinha sido tão difícil.

– Tudo bem, Claudia.

– Tudo mesmo? Você não falou muita coisa, e lá estava com cara de poucos amigos, muito diferente do que estava quando chegamos.

– Sério mesmo. Tudo bem.

– Então, está bem. Te vejo hoje? – Perguntei, de repente sentindo falta dele ao meu lado.

– Não vai dar, Claudia. Estou cheio de trabalho. Algumas coisas não estão indo como deveriam – ele disse, deixando em aberto o assunto.

Fiquei louca para perguntar o que era, mas como ele estava ocupado, deixei por isso mesmo.

– Ok, até outra hora então.

– Até – ele respondeu e desligou.

Que estranho.

Passei o domingo sozinha. Nem fui até a praia, fiquei na rede com meu *notebook,* adiantando as coisas para a recepção de inauguração. As obras estavam adiantadas e em um mês estariam prontas.

Ramon mandaria convites para seus conhecidos. A *web designer* que cuidava da parte de *sites* e artes já estava terminando tudo; essa semana o site da pousada já estaria *online* e aberto para reservas. Anúncios começariam a ser veiculados e tão logo o *site* estivesse funcionando já entraria também nos *sites* de pesquisa.

Meu Pedacinho do Céu logo estaria funcionando a todo vapor! Eu já estava com os currículos dos pretensos funcionários, ainda teria que analisá-los e contratar o pessoal.

Já era noite e eu sentia um vazio no peito. *Eu estava com saudade de Ramon.* Nunca tinha sentido isso, nem mesmo com João. Nunca.

Apesar de não ter feito nada o dia todo, eu me sentia exausta. Bem que diziam que esforço mental também cansa. Suspirei. Pensei em ligar para ele, mas seria demais, já tinha ligado pela manhã e ele havia sido muito seco.

Mesmo assim, peguei meu celular e mandei uma mensagem de texto. Às vezes, escrevendo nos expressávamos melhor, ou até falávamos coisas que ao telefone ou ao vivo nunca seriam ditas.

"Senti sua falta hoje. Muita mesmo."

Não esperei por resposta, subi para tomar um banho. Depois do jeito que ele havia falado comigo ao telefone, eu estava até com medo de ver sua resposta, se essa viesse.

Tomei meu tempo embaixo do chuveiro, sequei os cabelos e coloquei minha camisola, caindo na cama. Alcancei o celular e nada de resposta dele. Desolada e me sentindo mais sozinha do que nunca, dormi.

***

Acordei com o barulho do mar parecendo mais alto. Saí na sacada do quarto e a vista estava magnífica. O mar havia avançado e estava quase cobrindo toda a faixa de areia.

Era a chamada ressaca.

Lindo de viver!

Agora, sim, eu entendia o porquê daquele muro de pedras alguns metros depois da murada da casa. Ri da minha ignorância.

O celular tocando me fez voltar para meu quarto à procura dele, que estava no meio dos lençóis.

– Alô.

– Claudia, sou eu. Está em casa?

– Sim, acabei de acordar.

– Graças a Deus. Não vá para a pousada pela praia hoje, o mar está agitado demais, na ressaca. Acabei de ver na TV que é por causa de ventos fortíssimos em alto-mar. Isso só vai piorar. Coisa desse fenômeno climático que está ferrando com tudo.

– Sim, eu acordei com o barulho mais alto das ondas. É tão lindo!

– É destrutivo, isso sim. Tomei cuidado suficiente para que a casa não corresse risco, por isso é um pouco mais afastada da faixa de areia, e ainda assim com o muro de contenção. Prometa que não vai pela praia hoje? Vá de carro, será mais seguro. Quando vi a reportagem, logo pensei em você aí, sozinha, sem traquejo com o mar e suas artimanhas. Ele é feroz, enganador e destrutivo, do mesmo jeito que, por muitas vezes, parece mais uma piscina de tão calmo.

– Eu prometo, Ramon. Fique sossegado.

– Claudia – ele disse meu nome e ficou quieto.

– O que é, Ramon?

– Eu também senti sua falta.

Um sorriso enorme tomou conta do meu rosto.

– O que aconteceu para que você ficasse daquele jeito? – Perguntei, meio que não querendo ouvir a resposta. *Medrosa!*

– Nada não. Já resolvi. Problemas sempre aparecem.

– Ok, então.

– Tenho que ir. Você vai ficar bem? Posso ir sossegado?

– Pode, sim, vou de carro e prometo não chegar perto do mar, ainda que eu esteja louca para ir lá na beirinha e sentir a água espirrando em mim. Eu estava olhando da sacada, fascinada.

– Não brinque com o mar. Ele é ardiloso.

– Sim, pode deixar.

– Então, está bem. Se cuide e qualquer coisa que acontecer me ligue, ou para um dos seguranças.

– Está bem, Ramon.

– Até mais, então.

Desliguei. Ele preocupado assim e dizendo que sentiu a minha falta, fez um bem enorme para mim. Eu estava ficando dependente dele. Até que ponto isso era bom, eu não fazia ideia.

Tomei outro banho, me preparando para o dia, que estava mais geladinho que o normal. Nada que se comparasse com o frio do Sudeste, mas frio o suficiente para colocar uma manga comprida.

Eu precisava mesmo usar mais meu carro, pois Ramon me levava para todo lugar. Desci, peguei tudo, cheguei na pousada e, como sempre, logo eles chegaram. Expliquei para o encarregado que voltaria mais tarde e qualquer coisa era só me ligar.

Deixando tudo encaminhado, voltei para meu carro e fui para a cidade, precisava comprar mantimentos e itens de primeira necessidade.

Depois de almoçar o delicioso camarão da Geralda, passeei pelas lojinhas do centro comercial da cidade, comprando algumas roupas, umas rasteirinhas. Achei um salão e fiz as unhas, hidratei o cabelo. Saí renovada de lá e resolvi fazer uma visita para Ramon.

Cheguei em seu escritório e a secretária pediu para que eu aguardasse, pois ele estava em uma reunião.

De repente, escutei uma mulher falando alto.

– Agora você fica como um cachorrinho atrás dela. E vocês não têm nada. Você é patético! Foi de conquistador à *escravoceta*, e de uma que nem chegou perto!

– Não se refira a ela de maneira alguma. O que temos juntos, mesmo que eu e ela não estejamos juntos no sentido real da palavra, é muito maior do que eu tive com você. *Escravoceta*! Nunca fui escravo de boceta nenhuma, mas seria da dela se ela me quisesse! – Ramon revidou no mesmo tom.

– Eu vi você olhando para ela como um cachorrinho na boate à noite toda, quando ela estava dançando com aquele cara como uma biscate! Vi o ciúme estampado na sua cara, no jeito que você espantou o cara só olhando para ele. Qualquer um pôde ver!

– Pois saiba que eu faria e faço qualquer coisa por ela. Ela me aceita como sou. Não tenta me mudar, nem está atrás do meu dinheiro, como umas e outras.

– Eu amo você, Ramon. Nunca quis seu dinheiro. Dói lá no fundo do meu coração, ver você como um cachorrinho atrás dela, para cima e para baixo! Babando por ela! Um cachorrinho apaixonado e babão! Isso foi o que você virou.

Escutei passos aproximando-se da porta e então ela se abriu, revelando uma morena curvilínea de cabelos cortados estilo *channel*, impecável.

– Vá embora e nunca mais apareça na minha frente.

Levei a mão à garganta, me abraçando com a outra.

Caramba! A morena olhou para fora e seu olhar grudou em mim, o ódio em seu olhar fez com que me abraçasse com mais força. A morena saiu pisando duro e então Ramon apareceu na porta para falar com a secretária e congelou ao me ver. Senti minhas bochechas corando por ter ouvido a briga deles.

– Claudia! – Ele murmurou, empalidecendo. – O que está fazendo aqui? Aconteceu alguma coisa? – Ele veio até mim e me olhou nos olhos, me estudando.

– Eu só passei para dar um oi. Vim abastecer a casa e como estava por perto, resolvi aparecer.

Ele suspirou e me abraçou. Forte.

– Que bom. Quer entrar? – Agarrou minha mão e me puxou para dentro de sua sala. – Venha. Preciso de um café. Janaína, traga dois cafés, por favor.

Ele fechou a porta atrás de si.

– Estava aí há muito tempo? – Perguntou, passando a mão pelos cabelos.

– Desculpe, Ramon, mas acho que tempo suficiente para escutar sua namorada tendo um chilique.

– Ela não é minha namorada. Uma ex, sim, mas já terminamos há algum tempo. Desculpe pelo que ouviu, Claudia. A Luciana perdeu a noção do ridículo. Deu um showzinho na boate no sábado também. Por sorte você não ouviu, porque estava conversando com meu primo.

– Thiago é seu primo? – Perguntei, atônita.

– Sim. Por que o espanto?

– Acho que rolou um clima, sei lá.

– De maneira nenhuma, Claudia. Com ele você está segura. Ele é gay desde que me conheço por gente – ele disse rindo.

– Gay? Está brincando!

– Todo! Só que ele não tem os trejeitos e nem é afetado, nada disso. Em suas relações, ele é o macho da coisa. Mas ele gosta do mesmo que você – Ramon agora gargalhava.

– E eu aqui pensando... deixa para lá.

– Não se zangue – chegou perto de mim e passou os dedos pelo meu rosto. – Eu vi que você estava precisando conversar com outras pessoas. E ele era uma pessoa segura. Muito seguro.

Eu o abracei. Seus olhos brilhavam tanto que, se eu continuasse a olhar para eles, eu o beijaria. Se ele me rechaçasse seria catastrófico. Abraçar era seguro.

– Não estou zangada. Atônita e incrédula pode ser. Desculpe por chegar assim, sem avisar. Eu realmente só passei para dar um oi.

A secretária bateu na porta e entrou trazendo os cafés. Sentamos e começamos a conversar sobre os convites da pousada.

– Ramon, eu tenho que ir. Demorei demais por aqui e logo os homens vão embora, tenho que voltar.

– Mais tarde passo por lá, para nossa aula.

– Certo. Até mais então.

Dei um beijo em seu rosto e fui embora, me lembrando da briga deles. Escravoceta foi nova para mim.

Ah, ter Ramon a meu dispor devia ser tudo de bom.

Balancei a cabeça, afastando esses pensamentos. Voltei para a pousada e depois que todos foram embora, voltei para casa e guardei tudo o que havia comprado. Ramon chegou à noitinha, trazendo uma pizza deliciosa, a mesma que comemos no dia em que me mudei.

– Você acertou, eu estava com fome.

Sorri e em troca ganhei aquele sorrisão lindo e sincero dele. Olhei fascinada para seu rosto, meu corpo inclinando-se para ele, sem que eu percebesse.

Ramon se abaixou e me deu um beijo no rosto, passando por mim e indo para a cozinha pegar pratos e talheres.

Suspirei.

Caramba, eu o queria mais do que qualquer coisa.

Isso era tortura chinesa, tê-lo assim tão perto e ao mesmo tempo tão longe do meu corpo, sem poder sentir seu calor. Eu precisava de um pouco mais dele!

Fui até a cozinha e ele estava cortando a pizza. Cheguei por trás e o abracei. Ele estremeceu e, largando a pizza, afagou meus braços, pegando minha mão e beijando-a. Afastou meus braços e virou-se, retribuindo o abraço.

– Fiquei com saudade. Senti sua falta ontem – confessei e o olhei.

Ele acariciou meu rosto, olhando-me nos olhos. Ele me deu um beijo na ponta do nariz e voltou a me abraçar.

– Eu também, Claudia. Eu também – soltou-se do meu abraço e continuou a cortar a pizza, colocando os pedaços nos pratos. – Vamos comer, venha.

Bem, pelo menos, um abraço eu tive. Que tristeza!

Jantamos e a aula foi rapidinha. Ramon me deu um beijo no alto da cabeça e se foi.

Capítulo quatorze

As semanas passaram, o site foi ao ar e já tinha várias reservas para a semana da inauguração da pousada. A festa estava marcada e os convites enviados, apenas mais uma semana e então seria o grande dia!

Havia ligado para Andréia. Há muito tempo eu não falava com ela, que era minha amiga mais chegada, quase uma irmã. Eu a convidei para a inauguração, mas era impossível para ela vir assim, fora das férias escolares, por causa dos filhos. Ela tinha um casal, Nadine e Adrian, sem falar no Sidney, seu marido ciumento. Ela queria muito, mas não podia e eu a compreendia. Ficamos combinadas que na primeira semana de férias escolares, viriam todos e ficariam na pousada.

Estava no carro, vidros abertos, sentindo a brisa que vinha do mar, em direção a Salvador. Eu precisava de um vestido, sapatos e tudo mais para a inauguração. Eu queria estar deslumbrante! Para o dia da realização do meu grande sonho não aceitaria nada menos que deslumbrante!

Apreciei até o trânsito doido da capital, um contraste berrante com a movimentação quase inexistente da minha praia.

Configurei o GPS para um shopping que havia visitado enquanto estava morando em Salvador e me surpreendi novamente com o tamanho e a infinidade de lojas. Depois de andar muito, provar vários vestidos, encontrei um que seria perfeito. Sapatos também, divinos!

Um conjunto de lingerie impecável finalizou minha produção.

Estava voltando para o carro quando dei de cara com um quiosque, dos pãezinhos deliciosos cobertos com açúcar e canela que eu amava quando morava em São Paulo. Sem pestanejar, pedi uma dúzia para levar. Congelaria e quando batesse aquela vontade, era só colocar no forno.

Voltei para casa e, durante o trajeto, fui beliscando os pãezinhos. Quando entrei na rua de casa, avistei o carro de Ramon parado. Quando ele viu meu carro se aproximando, saiu e ficou aguardando. Abri a garagem e fiz sinal para que ele entrasse.

– Entre, Ramon, está garoando! – Gritei para ele, o barulho das ondas estava bem forte, o vento também.

Ele entrou com o carro dele e estacionei o meu ao lado.

– Onde esteve, Claudia? Estou aqui faz quase uma hora e nem sinal de você, o encarregado não soube me dizer onde você estava! Fiquei meio louco de preocupação.

– Fui só comprar uma roupa para a inauguração – peguei as sacolas, abri a porta de casa e entramos.

– Por que não passou para me ver, como no outro dia?

– Oras, porque fui até Salvador. Aqui não tinha o que eu procurava.

– Menos mal. Que bom que está bem – me abraçou forte, inspirando próximo aos meus cabelos. – Você está com um cheiro tão gostoso. Dá vontade de morder.

Ri e puxei o saco com os pãezinhos de dentro da sacola.

– Aqui, prove esta delícia. Sou louca por eles.

Ele puxou um pedaço e colocou na boca, gemendo.

– Hum, muito bom! Como eu nunca tinha comido isso antes? – Ele enfiou o restante na boca e pegou mais um pedaço.

– Coma à vontade, comprei um montão. Vou pegar um suco para a gente.

Sentamos na varanda e discutimos os últimos detalhes para a inauguração. Ramon estava tão ansioso quanto eu. Essa cumplicidade me fazia tão bem!

– O que acha de chamarmos o pessoal para um churrasco antes da inauguração? – Perguntei a ele.

Eles eram meus amigos por tabela, mas eram mais dele.

– Seria ótimo. Eles adoram uma bagunça! Vai ser demais. Quer que eu fale com eles?

– Fale, sim. Marque para esse sábado!

– Combinado. Chamo todos?

– Sim, chame todos. Diga que podem trazer namorados, ficantes e afins. Farei bastante coisa, então não terá problema nenhum aparecer mais gente do que o esperado. Se quiserem trazer amigos também, subir palavra à vontade.

– Certo. Mas, e quanto à pousada? Precisa de alguma ajuda?

– Creio que não. O pessoal está contratado, a obra quase finalizada, a dispensa abastecida, as amostras de shampoo, condicionador, hidratante e os sabonetes personalizados já chegaram; roupas de cama, mesa e banho, assim como tudo da parte da cozinha já foram entregues também. É só arrumar. O *buffet* para a inauguração e tudo mais já está contratado e confirmado. Agora é só aguardar. Esse churrasco vai ser como o ponto final da obra e meu sonho realizado. Muito especial mesmo.

– Então, vamos pensar no churrasco! – Tirou o telefone do bolso e começou a fazer a lista do que teríamos que comprar.

– Caramba, é muita coisa para se pensar. Acho que vou contratar um *buffet*. Bem mais simples.

– Você é quem sabe. Realmente, é bem mais prático, até porque você precisa pensar na inauguração.

Ficou combinado assim e o assunto voltou para a inauguração da pousada.

Capítulo quinze

– Então, está tudo certo? Entregam tudo funcionando na segunda-feira? – Perguntei ao encarregado da obra.

– Sim, senhora. No domingo retiraremos todo o material excedente e na segunda pela manhã entregaremos as chaves.

– Certeza absoluta? – Eu precisava dessa confirmação!

– Sim, pode confiar, senhora.

– Ok – meu coração pulou uma batida.

Tudo estava se encaminhando e o dia da inauguração cada vez mais próximo. Eu estava em uma montanha-russa de sensações e emoções.

O encarregado se despediu e fiquei sozinha no escritório. Peguei a lista de funcionários e liguei para o *buffet.*

– Olá, boa tarde. Preciso do serviço de vocês para um churrasco no sábado agora. – Eu não tinha noção do número de pessoas, então chutei um ao acaso, preferindo errar para mais do que para menos. – Sim, completo; com mesas, garçons, comida incluindo um churrasqueiro e tudo mais.

Fechei com eles e sosseguei meu coração.

Agora, seria só aguardar, mas a espera estava sendo tão difícil!

Eu precisava arejar minha cabeça, pensar em outra coisa ou enlouqueceria!

Entrei em meu e-mail e mandei uma mensagem para o escritório de advocacia, precisava falar com Jorge, pedir que me atualizasse de tudo por lá. Uma chatice muito bem-vinda nesse momento.

Meu celular tocou e vi que era ele. Tão típico!

– Claudia! Como vai? Até que enfim deu sinal de vida!

– Estou bem, Jorge. E aí, como está?

– Seu ex está causando problemas. Mas não tem nada que ele possa fazer ou processar, como ele está alardeando. Tudo foi muito bem atado, provas suficientes para fazer valer o acordo pré-nupcial.

– Ele foi um crápula e ainda assim quer meu dinheiro. Esse homem não presta! Há um mês apareceu por aqui fazendo uma cena. Eu ia te ligar para contar, mas acabei esquecendo.

– Você está sentada? Porque se não estiver, faça isso agora – Jorge respirou fundo do outro lado da linha. – Ele vai se casar com sua irmã. Ela está grávida.

Ri com vontade.

– Ah, Jorge, não estou nem aí para o que esses dois fazem ou deixam de fazer. Desejo que sejam muito felizes, pois assim não enchem o meu saco!

– Falando assim, fico mais sossegado.

– Eu estou realmente bem, Jorge. Moro num lugar lindo, tenho uma casa linda com uma vista maravilhosa! No próximo final de semana, será a inauguração do meu Pedacinho do Céu – tamborilei os dedos sobre o tampo de vidro da minha mesa. – O que você vai fazer na sexta que vem? Não quer vir para a Bahia, na inauguração da minha pousada?

Jorge engasgou do outro lado da linha.

– Não acredito que você está tão longe! Vou, sim. Estou com saudade de você e agora que me contou isso, preciso ver com meus próprios olhos!

Conversamos mais um pouco, ele me disse que mandaria os relatórios da agência por e-mail. Passei a ele o endereço da pousada e pedi que me avisasse quando soubesse o dia que chegaria e a hora. Eu o buscaria no aeroporto e ficaria em minha casa. Depois, se quisesse ficar hospedado na pousada, seria um prazer!

Com tudo combinado, fechei o escritório, acompanhei a saída dos homens e voltei para casa. Estava louca para contar a Ramon que Jorge viria. Ele e Andréia eram, além de meus amigos, as pessoas mais próximas que eu tinha de uma família.

Tinha acabado de sair do banho, o celular tocou.

– Oi, coisa linda!

– Ramon! O que aconteceu? Já estava preocupada, você disse que viria hoje e até agora não chegou.

– Claudia, eu não estou muito bem. Deve ser alguma coisa que comi. Estou com dor de estômago e você sabe o que mais. Acho que peguei uma virose.

– Nossa! Ramon, tome um chá, e para a diarreia tome suco de limão com amido de milho, é tiro e queda.

– Claudia! Não fale assim, não quero que imagine a cena. Não é nada bonito!

– Com certeza, nem cheirosa! – Gargalhei da indignação dele.

– Pelo amor de tudo que é mais sagrado, não me faça rir! Nessas condições, rir ou espirrar é desastre na certa! – Ramon tentava não rir, mas era impossível, pois eu estava às gargalhadas, imaginando um homem daquele tamanho sofrendo no vaso sanitário, se contorcendo. – Você é má, Claudia, rindo da minha desgraça.

– Pronto, parei! – Respirei fundo tentando conter o riso. – Ufa, passou! Mas o lance da limonada com o amido funciona. Receita das vovós. Quer que eu vá ficar com você?

– Mas de jeito nenhum! Você não vai me ver nessas condições. Nem morto!

Escutei uma voz feminina o chamando e ele ficou quieto. Pigarreou.

– Hum. Está bem, Ramon. Vou deixar você ir então. Tudo bem pela nossa aula de hoje. Vou arrumar alguma coisa para fazer, ver um filme ou coisa assim – disse meio ríspida.

Ele não precisava de desculpas, se tinha coisa melhor para fazer, era só dizer.

– Claudia, não sabia que você era tão ciumenta – agora era Ramon quem estava às gargalhadas. – Quem me chamou foi minha governanta, ela trouxe uma sopa para mim.

– Certo, Ramon. Não ria demais, não se esqueça do seu estado. Até mais.

– Claudia...

– Claudia, o quê? Ramon, se você não quer vir, não precisa. Não invente uma diarreia, um piriri, como desculpa. E eu também acabei de ficar mal do estômago. Tenho que desligar. Beijo.

Não esperei por resposta e desliguei.

Ridículo!

Meu celular tocou novamente e novamente, mas não atendi. Se ele estivesse mesmo passando mal, eu era rainha de bateria!

Liguei a televisão e coloquei num canal de filmes, achando um daqueles com muita ação, tiro e porrada pra caramba. A última coisa que eu precisava era daqueles filmes melados ou trechos de romance.

Meu humor tinha degringolado. Estava possessa.

Uma buzina me assustou.

Morando no meio do nada, apenas com o barulho do mar, não tinha como não pular com um barulho desses. Eu sabia quem era. Estava acostumada com o som e reconheceria em qualquer lugar.

Corri para abrir a porta, parando alguns minutos antes de abri-la e acionar o controle do portão. Ramon entrou com o carro e parou ao meu lado. Abriu a porta e saiu, vindo abrir a do passageiro também.

– Claudia, conheça a Edineide, minha governanta. Já que duvidou da minha condição e dela, aqui estamos. Vai ser obrigada a me aturar, ruim como estou. Agora, desculpe, que eu tenho que ir ao banheiro!

Ramon entrou correndo casa adentro, me deixando sozinha com Edineide ali, parada na porta. Eu estava perplexa!

– Senhora, me chame de Neide. Trouxe uma sopa, tinha acabado de fazer. O senhor Ramon mandou que eu embrulhasse para viagem e viesse junto.

Pigarreei e voltei à realidade. Sorri para ela.

– Vou te mostrar onde fica a cozinha.

– Senhora, pode deixar, eu conheço a casa. Trabalho para o senhor Ramon há mais tempo do que posso me lembrar.

Neide entrou, passando por mim, se apressando para a cozinha.

Ramon estava falando a verdade e esfregou na minha cara!

Meia hora depois ele veio até a sala.

– Espero que não se importe, tomei uma ducha – sentou-se ao meu lado, pálido e meio trêmulo.

– Ramon, não precisava ter feito isso! – Disse, acariciando seus cabelos.

– Claudia, você foi enganada pelo crápula do seu ex-marido. Você escutou a voz da Neide. Nunca te falei sobre ela, então não tinha como você saber que era realmente verdade. Você é dessas que só acredita vendo – me olhou com uma carinha triste e cansada. – Eu não posso perder sua confiança, por nada nesse mundo.

– Ah, Ramon, sei que sou complicada. Desculpe por não acreditar – me aproximei para dar um beijo em sua bochecha.

Ele se retraiu.

– Não, Claudia. E se for contagioso?

– Pare de bobeira! A Neide cuidou de você e está bem.

Sem querer saber de desculpas e me aproveitando que ele estava meio sem forças, dei um beijinho nele e o puxei para meu colo. Ele deitou a cabeça em minhas coxas e fiquei fazendo cafuné nele.

Ouvi uma fungada perto da mesa de jantar. Neide estava às lágrimas. Ramon ressonava baixinho, parecia adormecido.

– Nunca pensei que veria uma cena dessas – ela disse baixinho, entre um soluço e outro.

Sorri e continuei com o cafuné. Olhei para ele, tão grande e gostoso, agora parecia indefeso. Algo ardeu em meu peito, uma sensação que nunca tive.

Cresceu e me aqueceu.

Eu o amava.

Sem sombra de dúvidas.

Capítulo dezesseis

Amanheceu e fui verificar como Ramon estava.

Ele ainda estava adormecido no sofá, pois eu não havia tido coragem de acordá-lo, apenas pedi que Neide pegasse um travesseiro e um lençol. Saí devagar e o ajeitei no travesseiro.

Então, tive uma longa conversa com ela enquanto tomava a sopa que havia trazido. Através dela, descobri que Ramon era um homem fechado, sério e de poucos amigos. Os que ele tinha eram os que me apresentou e eram amigos de muitos anos, da época do ensino médio. Alguns deles se agregaram com o passar do tempo, mas, mesmo assim, amizade antiga. Ele nunca se deixaria ver assim, fragilizado, por ninguém, muito menos deixar que o ninassem como eu fiz.

Perguntei sobre as namoradas, não podia deixar a oportunidade passar.

Ela me contou que ele saía com muitas mulheres, elas se jogavam em cima dele, mas nunca tinha levado nenhuma para casa, que eu havia sido a primeira e ela tinha me visto naquele dia. Complementou com um: "*Mas ultimamente ele não tem saído com nenhuma*".

Ela morava com Ramon há muitos anos, desde que ele saíra da casa dos pais e, antes disso, trabalhava para eles. Falei para ela ir dormir em um dos quartos de hóspedes e fiquei mais algum tempo velando o sono de Ramon.

***

Aproximando-me dele, o acordei devagar.

– Ramon, acorde – tirei o cabelo que caía em seu rosto. – Você está melhor?

Ele confirmou com a cabeça, mal se mexendo.

– Estou, sim. Todo dolorido, mas só isso.

– Então venha, vamos tomar um café da manhã. Biscoitos de água e sal e suco de maçã ajudarão a melhorar. Nada de leite ou suco de laranja, passe longe.

– Certo. Estou indo.

Lembrei de sua ereção matinal e fui para a cozinha fazer o café, dando privacidade a ele. Chegando lá, Neide já havia feito tudo.

– Bom dia! Pode se sentar, dona Claudia. Já vou levar o café – mandou com autoridade, que fui incapaz de contrariá-la

Meu Deus, preciso de uma governanta também! Que delícia acordar e ter tudo pronto!

Depois do café, insisti para que, se Ramon não melhorasse, fosse ao médico e voltasse para cá que eu cuidaria dele. Mas ele já estava com aquela cara corada novamente e pronto para trabalhar.

– Pode deixar, se piorar, eu vou. Mas já estou bem. Pronto para outra.

Ri e o abracei.

Como era gostoso abraçá-lo, todo durinho e grande.

Neide insistiu em arrumar a cozinha e só depois de tudo no lugar, ela se despediu de mim e eles se foram.

Capítulo dezessete

Sábado chegou e com ele o churrasco.

Todos começaram a chegar, cada um trouxe três ou quatro amigos e a parte externa da casa, junto com a sala de jantar e a de estar, estavam repletas. Ramon sempre ao meu lado, me apresentava quem eu ainda não conhecia, sempre grudado em mim. Os garçons serviam os convidados e a música alta tomava a casa. Tudo divertidíssimo!

Um dos amigos de Marina, que o chamavam de Jason por sua semelhança com o ator do filme, Jason Statham, que estava vendo no dia do piriri de Ramon, Carga Explosiva, estava de olho em mim. Depois de algumas músicas, cervejas e muita comida, todos começaram a dançar, e Jason veio conversar comigo, dançando mais perto. Olhei em volta, à procura de Ramon, mas ele tinha sumido.

– Quer dar uma volta na praia, Claudia?

– Ok, vamos, sim.

Várias pessoas estavam andando na areia, sentadas conversando, não teria nada de mais nisso. Estava escurecendo e o crepúsculo, visto à beira-mar, era muito lindo.

– Não me canso de admirar essa paisagem, é muito lindo o pôr do sol assim, no horizonte. É magnífico.

– Estou vendo outra coisa que também é magnífica – seus olhos dançavam nos meus e ele se aproximou, colocando uma mecha de cabelo atrás da minha orelha, acariciando meu rosto e levantando meu queixo para ele.

Um pigarrear nos sobressaltou.

– Claudia, posso falar com você? – Ramon estava com uma carranca daquelas e sua voz era ameaçadora.

– Poxa, companheiro, a garota está acompanhada.

– Escute aqui você, companheiro. A garota em questão estava acompanhada antes de você acompanhá-la. Não é porque uma mulher *sorri* para você, que ela *quer* algo mais com você.

Os dois se encaravam sérios e Ramon, um pouco mais alto que Jason, estava muito intimidador.

E gostoso. Puta que pariu!

– Com licença, Jason. Nós já voltamos.

Puxei Ramon pela mão, andando pelo caminho que levava até a pousada. Andamos em meio a um silêncio esmagador. Abri a pousada com a chave que eu deixava para os homens, embaixo do vaso de plantas, e entramos.

– Ramon, pode me explicar o que aconteceu?

– Você não pode dar bola para esses caras assim, Claudia – ele passou a mão pelos cabelos.

– Pelo amor de Deus, homem! Eu sou de carne e osso! Maior de idade e preciso de carinho, preciso de sexo! Você acha que eu aguento até quando só com brinquedos? Caramba!

– Não diga uma coisa dessas, Claudia!

Exasperado, ele saiu andando pelo corredor que levava até o quarto que fizemos para seus pais.

– É a segunda vez que você deliberadamente tira um cara de perto de mim!

Derrotado, ele baixou a cabeça.

– É a terceira.

– O quê??

Ele respirou fundo e me encarou.

– Aquele dia na boate foi a primeira vez, eu afastei Mariano de você.

– Cacete, Ramon! Você já deixou claro que não me quer, mas não deixa ninguém me querer! Fico louca por você e você nada!

Ele se aproximou, me olhando com fome.

– Quem disse que não te quero? – Sua voz estava carregada de tesão, rouca, e me arrepiei da cabeça aos pés. Seu corpo moldou-se ao meu. – Não quero transar com você, Claudia, nem pense nisso – seus olhos fitavam minha boca e umedeci os lábios, fazendo ele respirar fundo. – Quero fazer amor, degustar cada pedacinho de seu corpo; tocar, beijar e acariciar cada cantinho. Minha mãe um dia me disse que existem dois tipos de mulheres, as que são para se divertir e as que são para se casar. E que no dia em que eu encontrasse uma mulher que não estivesse nem aí para meu dinheiro e gostasse de mim, pelo que eu sou, eu deveria fazer de tudo para não a deixar escapar – seu polegar percorreu meu lábio inferior e seus olhos grudaram nos meus. – E foi o que eu fiz. O destino te colocou novamente em meu caminho aquele dia, no resort, e eu não podia deixá-la partir. Te quero aqui, junto comigo, ao meu lado. Nós conversamos sobre qualquer coisa, rimos e nos divertimos juntos, com coisas bestas. Tem coisa mais gostosa do que isso? Essa cumplicidade que existe entre nós? Essa sensação de estar em casa quando estou com você? Esse arrepio, essa coisa que me toma quando te toco, por mais leve que seja? – Pressionou sua ereção contra mim e não pude impedir que um gemido baixo escapasse. – Eu não consigo pensar mais em minha vida sem você. Você é como o ar que eu respiro, não consigo dormir sem dar boa noite para você. Quando vejo alguma coisa diferente, logo penso em como você iria gostar ou o que você acharia daquilo. Eu só penso em você. Eu só quero você. Seja minha, Claudia.

– Como você pode dizer uma coisa dessas? Nunca nem nos beijamos. – Olhei para a boca dele e senti a minha seca.

Queria ser um macaco de circo se tudo o que ele disse não fosse recíproco. Ele descreveu exatamente como eu me sentia.

– Bem, não seja por isso. – Ramon juntou os lábios nos meus, meu corpo criou vida e formigou todinho.

Deixei escapar um suspiro e ele aproveitou para aprofundar o beijo.

Deus, que beijo!

Nunca meu corpo correspondeu desse jeito a ninguém. Meus mamilos, duros, roçavam o peito dele.

Suas mãos escorregaram em direções opostas, uma para minha nuca e outra para minha cintura, me aproximando mais de seu corpo. Meu clitóris latejava e tudo o que eu mais queria era que aquele beijo não terminasse.

Agarrei-me a ele e meus dedos se embrenharam por seus cabelos, acariciando devagar, arrancando dele um gemido delicioso. Seu pau pulsava de encontro ao meu corpo.

Recuperando um pouco do controle, ele interrompeu o beijo, mordendo meu lábio.

– Sonhei com esse momento tantas vezes. Quis, por tantas vezes, beijar essa boca deliciosa. Você é muito melhor do que minha imaginação poderia fantasiar.

Voltou a me beijar e o fogo ardeu por meu corpo. Sentia minha umidade encharcando minha calcinha e tudo isso com um beijo.

Caramba! Que boca gostosa.

Estávamos sozinhos aqui. Seria tão fácil, tão bom.

– Ramon, pare. Se continuar com esses beijos, eu não respondo por mim.

– Então, não pense em nada. Perca o controle, se entregue. Seja minha, Claudia. Diz que sim. Eu sou louco por você. – Enquanto dizia essas coisas, ele não parava de me acariciar, arrastando a boca pela minha pele. – Nunca, em toda minha vida, me senti assim com alguém. Você me completa, não consigo explicar. Seja minha. – sua mão vagou para meu seio, acariciando de leve meu mamilo por cima do tecido e meu corpo estremeceu.

Capítulo dezoito

A quem *eu estava enganando?*

Eu o queria na mesma intensidade ou até mais. Lançando mão do pensamento racional, deixei que minhas mãos vagassem pelo corpo dele também, tocando a pele bronzeada e firme de seu abdômen. Fui levantando sua camisa, sem pensar em desabotoar. As mãos dele se afastaram do meu corpo apenas para puxá-la por cima da cabeça e atirar ao chão.

– Pele. Quero sua pele tocando a minha. Desejo há tanto tempo. – Foi subindo minha blusa, mas não a tirou, apenas o suficiente para encostar sua barriga em mim e estremecer. – Mais, Claudia. Quero mais pele. Me dê isso.

Eu não estava mais em condições de negar nada a ele.

E, copiando seu gesto, arranquei a blusa e a joguei por cima da dele. Nos beijamos novamente e, com passos firmes, ele veio para cima de mim, me fazendo recuar até estar apoiada na parede.

Ah! Como eu amava esse ímpeto dele!

Parecia ter seis mãos, pois ele estava em todos os lugares. Sua barba bem aparada era macia ao toque, uma delícia em encontro à minha pele, uma carícia a mais. De repente, um gemido rouco escapou de minha boca, quando as mãos dele escorregaram por baixo do bojo do sutiã e tocaram meus seios. Seus dedos contornando meus mamilos, que doloridos de tesão, imploravam por um toque diferente; o toque macio e molhado de sua boca.

Com um arquear, os ofereci a ele.

Um choque passou pelo meu corpo em direção à minha virilha, quando ele fechou a boca em torno do meu mamilo.

Gemi sem pudor e me esfreguei a ele, incapaz de conter meu corpo e minhas reações. Eu queria mais e agarrei sua bunda, trazendo-o de encontro a meu sexo que latejava, encharcado. Seu pau pulsou, duro como pedra e quente, de encontro ao meu corpo. Eu não tinha o suficiente dele, não conseguia ficar perto o suficiente.

Eu o queria dentro de mim!

Essa constatação me deixou ainda mais doida de desejo.

Quando eu quis um homem tanto assim?

Nunca.

Quando um homem me deixou pegando fogo apenas com carícias e beijos?

Nunca.

Isso me fazia querer ainda mais aquele homem, a atração pelo desconhecido se tornando incontrolável.

Enganchei minha perna em seu quadril e ele voltou para minha boca, sua mão em meus cabelos, ajeitando meu rosto para um beijo mais intenso, consumidor.

– Serei sua, Ramon. Eu quero tudo isso. Seja meu e só meu.

– Você já me tem há tempos, só não sabia – com as mãos em minha bunda, ele me levantou e me agarrei em seu corpo.

A cada passo que ele dava, seu pau batia em meu clitóris.

A cada passo, eu estava mais perto do clímax.

Deitou-me e ficou de pé em minha frente. Afastou-se um pouco para que eu pudesse ver o que ele fazia e me apoiei nos cotovelos.

Devagar, ele retirou a calça.

E foi isso.

Sem cueca.

Seu pau saltou, imponente, duro, empinado e enorme. Disso eu já tinha uma ideia, pois uma sunga não esconde muito. Salivei como uma loba em frente a um belo pedaço de carne. *E que pedaço de carne!*

– Pare de me olhar assim ou isso vai acabar antes do que queremos – ele manipulava seu pau, acariciando-se sem perceber, enquanto lambia os lábios.

Não me cansava de olhar aquele corpo lindo e esculpido por deuses. Fechei os olhos, tentando me acalmar.

Quando os abri, ele estava com o rosto bem próximo à minha virilha.

– Deus, que cheiro delicioso você tem. Preciso tirar isso do meu caminho. Quero te saborear, lamber todinha – sua língua brindou meu umbigo, em uma carícia deliciosa, enquanto abria meu short.

Em segundos, ele não era nada mais que um pedaço de pano no chão. E eu estava ali, deitada, com o sutiã levantado e de calcinha.

Retornou com o rosto bem próximo e lambeu minha virilha, chegando perto da calcinha e afastando devagar a peça. Quando sua língua tocou meu clitóris, meu corpo convulsionou de prazer e ele colocou minhas pernas em seus ombros, aprofundando as lambidas.

Fogo líquido corria em minhas veias e uma fina camada de suor cobria meu corpo. Agarrei seus cabelos, quando o clímax se aproximou e gritei seu nome quando o orgasmo me atingiu, consumidor.

Ele se afastou e mexeu em sua calça, voltando para mim com um preservativo na mão.

– Esse coitado esperou tanto tempo para ser usado. Não tenho ninguém, desde que te conheci. Não queria mais ninguém, só você – abriu com os dentes e desenrolou sobre seu pau delicioso.

– Eu também não tenho ninguém há muito tempo. Vem, nós já esperamos demais – abri os braços para ele, que montou meu corpo, se encaixando entre as minhas pernas, seu membro se aconchegando em minhas dobras.

– Diz que você quer isso, Claudia. Diz que me quer. Quero ouvir – sussurrou em meu ouvido.

– Te quero, Ramon, como nunca quis ninguém antes. Preciso de você. Agora – disse, hipnotizada por seus olhos que estavam cor de chocolate.

Numa investida ele entrou um pouco e gemeu.

Grande, grosso e delicioso.

Devagar, ele foi entrando, abrindo seu caminho pelo meu corpo que se agarrava e pulsava em torno dele.

– Caralho, como você é apertada – trincou os dentes, suor minando em seu rosto pelo esforço em se conter.

– Não se segura. Vem para mim.

Seus lábios se grudaram aos meus e ele meteu de uma vez. Estremeci e gemi em sua boca e ele na minha. Todo dentro, Ramon deu uma rebolada que me tirou o fôlego. Seu rosto era uma máscara de prazer.

Tão lindo!

Olhando-me, ele começou a se mover, acelerando, saindo e voltando. Nossos corpos se chocando; aquele barulhinho molhado de nossos sexos juntos estava me enlouquecendo.

Meu mundo se tornou ele, ainda mais quando colocou uma de minhas pernas em sua cintura e elevou minha bunda, mudando o ângulo e tocando em um ponto dentro de mim. Gemendo alucinada, não pude conter o orgasmo relâmpago que quase me quebrou em duas. Escutei meu nome sair de sua boca, rouco, e seu corpo estremecer todo enquanto ele continuava a bombear dentro de mim.

– Você é uma feiticeira. Agarrou minha mente, meu coração e agora meu corpo. Não posso ser mais seu do que nesse momento – em seus olhos vi a sinceridade de suas palavras e aquilo causou um nó em minha garganta.

Eu não vou chorar.

Pensar era mais fácil do que segurar minhas emoções. Eu estava quebrada e ele me juntou, com um abraço tão forte que fundiu tudo o que estava trincado e fora do lugar, me prendendo a ele ali, naquele instante. Incapaz de dizer uma palavra sem cair no choro, o beijei e me aninhei em seus braços, quando ele se deitou ao meu lado.

– Amo você, Claudia. Com todo meu coração, eu amo você. Não quero te assustar, mas isso é maior do que eu.

Seus olhos, sua expressão, me diziam que era a mais pura verdade. Incapaz de dizer qualquer coisa, voltei a beijá-lo, tentando passar pelo beijo todo meu amor.

– A menos que você tenha uma camisinha escondida no bolso, pare de me beijar assim. A minha coitadinha era filha única de pai solteiro.

– Já que você mencionou isso...

Ramon arregalou os olhos e me deu um tapinha na bunda.

– Você não está me dizendo que tem uma no bolso!

– Não, mas eu gostaria muito de ter. – Ri da sua cara se espanto.

– Vamos voltar para o churrasco e acabar com aquilo tudo. Quero você só para mim, à noite toda.

Sua boca percorreu a pele do meu pescoço e estremeci.

– Não é justo. Converse com Marina, peça a ela que feche tudo quando forem embora. Vamos para outro lugar – ele concordou com a cabeça, pensativo. – Ou podemos ficar aqui mesmo.

– Não, vamos para minha casa – ele fechou os olhos, respirando fundo. – Você não sabe o quanto te quero na minha cama.

– Por que fechou os olhos, Ramon?

– Porque minha vontade é tamanha, que pensar e te olhar não vai prestar. Quero você, tanto... me dê um minuto – ele respirou fundo mais algumas vezes. – Pronto, vamos logo.

Ele pulou da cama e tirou a camisinha, dando um nó. Colocamos as roupas, Ramon foi ao banheiro com o preservativo na mão e voltou com ele embrulhado em papel.

– Não vamos dar o que falar, não é mesmo? – Guardou no bolso e esticou a roupa de cama. Depois eu mandaria que as trocassem. Esse quarto era especial de tantas maneiras, que eu era agradecida pelo fato dele não estar entre os que seriam locados. – Vamos, Claudia.

Ele me puxou para um beijo. Devastador, cheio de desejo e fome.

– Vamos, antes que a gente mude de ideia.

Abraçados, saímos da pousada e voltamos para minha casa.

Capítulo dezenove

Logo encontramos Marina no meio dos convidados.

– Maricotinha, linda toda vida! Nos faça um favor? – Ramon pediu, agarrado a mim.

– Opa! Até que enfim alguma coisa rolou! Caramba, estava demorando! – Rimos, felizes. – Até dois, meus lindos!

– Vamos sair. Você pode ficar até o final e fechar tudo?

– Uhu! Vão e não voltem tão cedo! Estou gostando de ver! – Ela nos abraçou. – Podem ir sossegados. Eu dou conta. Aproveitem!

– Deixe o controle na portaria do meu condomínio. Obrigado, Cotinha.

Demos um beijinho nela e fomos.

No caminho, paramos na farmácia para comprar camisinhas. Ramon simplesmente encheu a cestinha com uma variedade de cores e sabores.

– Ramon!

– Melhor prevenir!

Ri da audácia dele. *Até parece que usaria tudo aquilo!*

– Você, minha princesa, prepare-se para conhecer meu fogo – ele se abaixou e sussurrou em meu ouvido. – Quero tanto você, que não sei se esses darão para o final de semana. Segunda-feira estaremos esgotados e mal podendo andar, mas vou matar toda essa minha vontade de você.

Fiquei olhando abobalhada para ele, que, me levando pela mão, foi até o caixa. Fiquei olhando os produtos expostos em volta, peguei um lubrificante e coloquei na cestinha. Ramon me olhou de uma maneira, com um tesão tão grande, que me senti amolecer.

– Melhor prevenir. – Disse sorrindo e Ramon fechou os olhos, respirando fundo.

Desci os olhos por seu corpo e lá estava aquele volume delicioso que eu havia visto pela primeira vez no aeroporto.

Como a farmácia era dele, os produtos apenas passaram no caixa, para controle, e saímos.

– Com fome? – Ele me perguntou, mas neguei.

Depois de tudo e daquela olhada, eu só queria ele e mais nada.

Logo chegamos em sua casa. Assim que ele fechou a porta, me abraçou, beijando meu pescoço, já levantando minha blusinha.

– Ramon, a Neide.

– Shh, ela está de folga o final de semana inteiro. Somos só nós dois.

Um tremor de antecipação percorreu meu corpo. As mãos dele percorreram minha pele, delicadamente, explorando e me beijando a boca.

– Quero você em minha cama – sussurrou em minha boca, me levantando nos braços.

Subiu as escadas e entramos em um quarto enorme, que mal prestei atenção, pois só tinha olhos para ele.

– Você não tem ideia de quantas vezes pensei em você assim – disse, me depositando na cama com todo o cuidado. Ele desabotoou meu short, tirando junto com a calcinha, e tirou minha blusinha e o sutiã. – Agora, sim. Desse jeito.

Com os olhos e com a boca, ele venerou meu corpo. Saboreando devagar, me deixando em chamas, arqueando meu corpo para ele, querendo senti-lo dentro de mim.

– Ramon.

Eu estava tão absorta em suas carícias que não o vi tirar suas roupas. Ele alcançou um pacote na sacola, abrindo desajeitado, camisinhas voaram por cima de mim e rimos. Ele pegou um pacotinho e, abrindo com os dentes, colocou.

– Eu queria ir devagar, Claudia, mas a vontade é mais forte do que eu. – Ajoelhado entre minhas pernas, Ramon me segurou pelos joelhos e levantou o suficiente para que seu pau roçasse meu sexo. Inclinando seu corpo, nos encaixou e entrou todo de uma vez.

Ele me alargava de um jeito tão delicioso. Eu sentia cada contorno daquele pau grosso, me penetrando até o fundo. Ramon lambia e chupava minha perna, metendo com força e eu me agarrava em seus braços, gemendo e murmurando. A cada investida de seu corpo, o meu escorregava mais para cima da cama, de encontro aos travesseiros. Ele rebolou dentro de mim e minha visão turvou, a tensão me tomou e gritei em êxtase. Minha boceta o apertava tão forte que chegava a doer. Ramon deitou-se por cima de mim, me lambendo a boca, mordiscando meu lábio inferior.

– Tão gostosa e tão minha!

Rolou, me levando com ele. Montada sobre seu corpo e deitada sobre seu peito, passou o braço pela minha cintura, me mantendo imóvel, enquanto entrava e saía de mim, agora, lentamente, aproveitando as contrações do orgasmo delicioso que tive. Seus lábios me sugavam a pele do pescoço, queixo, onde quer que encostasse; mordiscava meu lóbulo e, aos poucos, o tesão cresceu em mim novamente. Apoiei-me na cama e meu seio encostou em sua boca.

Sua língua provocou meu mamilo e o envolveu quando ele sugou forte. A dorzinha deliciosa me fez contrair tudo em volta dele, ganhando um gemido rouco em minha pele.

Me soltou e deitou-me ao seu lado, moldando-se às minhas costas, ele roçava seu pau em minha bunda, enquanto sua mão acariciava meu clitóris. Virei o rosto pedindo um beijo, e fui invadida pela sua língua em minha boca e seu pau dentro de mim novamente. Sem parar de me masturbar, ele metia forte novamente. Me segurei, sem querer que tudo acabasse, retardando ao máximo o orgasmo, mas ele era implacável em suas carícias!

– Ah, Ramon! – Gritei e meu corpo todo tremeu, descontrolado.

Ele murmurou meu nome e gemeu em meu ouvido, seu corpo todo tenso. Dentro de mim, eu sentia seu pau pulsando.

Ficamos abraçados até nossas respirações se acalmarem; à noite já ia alta lá fora.

– Venha, Claudia. Vamos tomar um banho e comer alguma coisa – ele pulou da cama, indo jogar o preservativo fora.

– Até quero, mas meu corpo não responde – levantei um braço e o deixei cair no colchão, rindo.

– Abusei de você, meu amor – ele deitou-se ao meu lado, colocando uma mecha dos meus cabelos atrás de minha orelha e beijando meu queixo.

– Uhum, deliciosamente. – Respondi, preguiçosa.

– Então, levante-se, precisa de energia para o resto da noite – ele balançou as sobrancelhas para mim, com um sorriso safado.

Ri e o abracei, feliz.

– Não acredito que estou aqui com você. Eu tinha perdido as esperanças de ter você para mim.

– Eu estava dando um tempo para o seu coração, meu amor. Você foi muito machucada, Claudia. Precisava de você 100% comigo e para sempre. Quando pedi para que fosse minha, mais cedo, eu estava falando sério – seus olhos dançavam nos meus, quando continuou. – Eu amo você.

Cada pedacinho dessa personalidade forte e intrigante, cada sorriso, cada franzir de sua testa quando está contrariada ou pensativa.

– Eu também falei sério quando disse que seria sua – sorri. – Não acredito que estou aqui com você. – Sussurrei.

– Levante-se, vamos para o chuveiro.

Dessa vez, fui com ele e depois de sentir suas mãos massageando meu corpo suavemente, junto com a água morna, só queria cama. Uma bobeira me pegou e bocejei.

– Um lanche rápido e vamos dormir. Um pouco, pelo menos – ele riu e começou a me enxugar.

Capítulo vinte

Abri os olhos, a luz da manhã invadindo as frestas da janela. A ausência do barulho do mar foi a primeira coisa que estranhei e então o corpo duro e nu, encostado às minhas costas, me fez tomar consciência de onde estava. Os acontecimentos da noite anterior me tomaram e estremeci.

Sorri e desvencilhei-me, devagar, de seus braços.

Meu Ramon, agora ele era meu! Realmente meu!

Virei para ele e acariciei de leve seu rosto. Tão másculo; mesmo adormecido ele ainda tinha aquela aura de poder, seus traços angulosos o tornavam lindo e único. Seus olhos se abriram, revelando a íris cor de mel, e me encararam sonolentos.

– Você está aqui – sussurrou, me abraçando, aconchegando-me em seu peito. – Dessa vez, não foi sonho – seu sorriso se tornou uma gargalhada gostosa. – E eu não preciso esconder isso de você! – Ele disse afastando-se um pouco, referindo-se à sua ereção. – É, companheiro, hoje esse rabo todo é para você, pode ficar feliz!

Seu pau pulou, como que concordando.

Ri com ele. Sua gargalhada e felicidade eram contagiantes, mas não durou muito tempo, sendo substituída por um gemido rouco quando eu o toquei e apertei um pouco.

– Agora eu posso fazer o que sempre tive vontade – fui me abaixando, distribuindo beijos por seu abdômen trincado.

Ramon levou as duas mãos aos cabelos, agarrando-os e puxando o ar entre os dentes, só olhando para mim, de boca aberta.

Toquei a cabeça rosada com a língua e ele pulsou entre meus dedos. Uma gota brilhante surgiu e eu o provei.

E quis mais!

Escorreguei os lábios, levando-o para dentro, brincando com a língua, contornando a glande e indo além. Suguei e Ramon começou a sussurrar sacanagens deliciosas, me incentivando a continuar. Acariciei suas bolas e passei minha língua em todo o comprimento de seu pau e pela pele sensível mais abaixo, que se arrepiou toda com a carícia molhada.

Continuei chupando e lambendo até que, com um grunhido, Ramon me puxou para cima dele, atacando minha boca em um beijo avassalador. Seu pau me invadiu sem cerimônia e gemi. Senti-lo assim, sua pele quente e aveludada em contato direto com a minha, me fez estremecer.

– Caralho, a porcaria da camisinha. Você é tão gostosa, tão quente e molhadinha. – Foi dizendo enquanto me preenchia, indo e voltando, me enlouquecendo.

Esticou o braço e pegou um pacotinho em cima da mesinha de cabeceira e rapidamente colocou, voltando para dentro de mim.

– Estava tão bom, pele com pele, mas temos que ter cuidado. Por você. Eu te amo tanto. – As palavras saíram entre beijos e me vi presa em um turbilhão de sensações.

Sua barba por fazer roçava meu pescoço, meus seios, o tesão se acumulando em meu ventre a cada metida profunda de seu pau. Nossas respirações ofegantes, corpos suados e gemidos trêmulos nos transportaram para outro mundo, onde só nossos corpos e bocas existiam.

Deitados, exaustos e respirando descompassadamente, nada mais importava.

– Bom dia, meu amor – ele disse, me beijando de leve.

– Que delícia acordar assim. Bom dia, Ramon.

Ele se levantou da cama e foi jogar a camisinha fora.

Aquilo devia incomodar.

Na primeira oportunidade, eu iria ao médico para podermos nos livrar daquilo. Senti-lo daquela maneira, pele com pele, foi delicioso! Eu queria que fosse sempre assim.

– Café da manhã? – Meu estômago roncou, respondendo e arrancando risos de nós dois. *Ah, a felicidade era boa!* – Vou preparar alguma coisa para nós – ele sentou-se ao meu lado. – Claudia, fique à vontade. Essa casa é sua. Faça o que tiver vontade. Eu te espero lá embaixo.

Saiu, me olhando da porta, como se não quisesse me deixar, mas eu entendia o motivo. Ele estava me dando um pouco de privacidade.

Levantei e fui ao banheiro, fiz o que tinha que fazer e tomei uma ducha rápida. Sobre a pia, encontrei uma escova de dentes ainda fechada. *Tinha coisa mais fofa?* Escovei os dentes e saí, nua, do banheiro.

Não fazia sentido recolocar minha roupa se ele estava nu no andar de baixo. Entrei em seu *closet* e peguei uma de suas camisas. Por hora, serviria. Levaria uma surpresinha para ele.

Capítulo vinte e um

RAMON

Estava terminando de colocar as xícaras na mesa quando percebi uma movimentação no topo das escadas.

Ela estava linda, descendo descalça, vestindo minha camisa.

Larguei tudo como estava e fui até a escada, olhos fixos nela.

– Você está um arraso com minha roupa.

– Você também está muito bem nesse avental. Nunca vi um homem tão gostoso assim, usando um avental preto.

– Um homem vestindo somente um avental preto – dei uma voltinha e Claudia riu de mim.

Cara, eu adorava o riso dela!

Ela se aproximou de mim e passou os braços pelo meu pescoço, me puxando para baixo, encostando o rosto no meu.

– Eu também estou só com sua camisa – sussurrou em meu ouvido.

Meu pau latejou de tesão. Respirei fundo e procurei me acalmar. *Ela precisava comer!*

A peguei pela mão e levei até a mesa e tomamos café, conversando sobre a inauguração. Sua empolgação era contagiante e eu tinha passado muita coisa para ela durante nossas aulas.

Ela estava tinindo! A pousada seria um sucesso.

Claudia foi se levantando para retirar a louça do café, mas não deixei.

– Nem pense nisso! – A puxei para meu colo. – A Neide chega à noite e dá um jeito.

Ela levantou o avental que eu estava usando e me montou, esfregando-se em mim.

Agarrei sua bunda por baixo da camisa e gemi. Eu podia sentir sua umidade quente em minha pele. Claudia se mexia de uma maneira que parecia que sua boceta estava beijando meu pau.

Ela me olhou e se aproximou. Ela me queria e queria agora. Seus olhos estavam brilhantes de tesão. *Se ao menos eu tivesse trazido alguma camisinha para baixo.*

Seus dentes se fecharam sobre meu lábio inferior com um pouco mais de força do que o necessário, me fazendo gemer. Logo após, sua língua percorreu onde havia mordido e tocou a minha. Desabotoei a camisa, pegando seus seios, sentindo o peso e brincando com seus mamilos até fazê-la gemer e empiná-los para mim, pedindo minha boca.

Com um movimento de quadril, ela me levou para dentro dela e mordi seu mamilo. Ela se contraiu no meu pau.

PUTA QUE PARIU! Aquilo era o paraíso na terra!

Fiz novamente e ganhei outro apertão no pau.

– Claudia, não tem nenhum preservativo aqui embaixo. Essa brincadeira é perigosa.

Ela rebolou e me apertou novamente. Cerrei os dentes, tentando me segurar. A vontade que estava de meter naquela bocetinha com força era tanta que senti o suor brotar em minha testa.

– Você não trouxe, mas eu trouxe – ela retirou um pacotinho do bolso da camisa, um sorriso sacana apareceu em seu rosto. Fui pegar dela, mas, com um movimento rápido, ela tirou de perto. – Eu coloco – puxei o ar entre os dentes, quando ela saiu de cima de mim. Abriu a embalagem. – Com a boca.

Eu estava bem fodido.

Claudia ajeitou o preservativo entre os lábios e se abaixou, empunhando meu pau. Ajeitei-me para dar acesso a ela.

Meus olhos estavam presos aos seus movimentos. Sua língua apertou sobre a cabeça e então, vindo e voltando, foi desenrolando, com os lábios por todo meu comprimento. Senti sua garganta se fechando sobre a ponta e ouvi meus dentes rangerem com o esforço para me manter parado e não foder aquela boca.

Como que lendo meus pensamentos, ela começou a me chupar por cima do preservativo. Eu não ia durar muito desse jeito. Escapei de sua boca e a peguei nos braços, levando até o sofá. A deitei por cima do encosto a coloquei suas pernas em meus ombros.

Suguei um mamilo enquanto me perdia em seu calor. Claudia se agarrava em meus braços e correspondia às minhas investidas com igual ferocidade. Saí de dentro dela e a virei, deitando-a no sofá, mas deixando sua bunda arrebitada, encostada sobre o apoio de braço.

Sua bunda era tão linda! A marquinha daquele biquíni maldito era como uma seta dizendo: “ Meta aqui! ”.

Abaixei e mordi de leve a polpa de sua bunda. Claudia gemeu baixinho e rebolou. Segurei firme as bochechas de seu traseiro, abrindo-as, e lambi com vontade. Passei os dedos por sua bocetinha que escorria de tesão.

Voltei para seu calor, uma mão a masturbando e a outra acariciando sua bunda, pressionando seu cuzinho apertado. Aproveitando a umidade, coloquei a ponta do dedo para dentro. Ela se apertou toda a minha volta e senti gotas de suor escorrendo pelo meu pescoço.

Os sons dos nossos corpos se chocando, nossos gemidos e grunhidos, me alucinaram. Claudia gozou, com um gemido rouco e abafado e eu a segui, caindo sobre ela. Nossos corpos trêmulos e satisfeitos, grudados.

– Eu amo você. Mais do que posso expressar.

Peguei-a nos braços e levei para minha cama, onde pretendia passar o resto do dia.

Capítulo vinte e dois

RAMON

O sol estava se pondo quando o celular tocou. Preguiçoso, estiquei o braço e o peguei.

– Alô? – Atendi sem ver quem era.

– Ramon, está previsto para hoje. Venha logo, algumas já estão saindo.

Era Caio, que trabalhava no projeto Tamar. Eu tinha planejado levar Claudia para conhecer o projeto hoje.

– Estamos indo.

– Venha logo, a natureza não espera.

Desliguei e me virei para ela.

– Amor, tem uma coisa especial que quero mostrar a você. Só que temos que sair agora mesmo.

Tínhamos acabado de fazer amor no chuveiro e estávamos descansando. Ela sorriu e se levantou, colocando sua roupa.

– Vamos lá, então.

Levantei e rapidamente estávamos prontos, já no carro. Mais alguns minutos e chegamos ao local combinado. Caio nos esperava.

– Venham ou vão perder essa maravilha da natureza – ele nos disse e, de mãos dadas, fomos atrás dele. – Aqui é o cercado de incubação. Algumas tartarugas desovam em áreas de risco, com muita movimentação ou muita atividade noturna por perto. Então, realocamos os ovos aqui e monitoramos o nascimento das tartaruguinhas. Pegamos elas e colocamos na areia, além do cercado. A partir dali, a natureza segue seu curso e elas são atraídas pela luminosidade que vem do mar, das ondas e vão, rapidinhas, para a água – ele apontou para um dos pequenos cercados numerados. – Olhem ali, a movimentação na areia.

Observamos fascinados as tartaruguinhas surgirem de dentro da areia. Primeiro uma cabecinha e logo uma saiu, seguida por outra e outra, até o cercadinho estar tomado de tartaruguinhas.

– Que coisa mais linda! – Claudia olhava fascinada para as pequeninas se mexendo e passando umas sobre as outras.

– Ajudem-me a pegá-las, e coloquem nesse isopor aqui – cada um de nós recebeu um isopor e começamos a recolher as tartaruguinhas do cercado. Em outro cercadinho, a movimentação das tartaruguinhas também começou. – Venham, vamos colocá-las na areia.

Demos a volta no cercado seguindo o Caio.

Delicadamente, ele tombou o isopor que tinha nas mãos e inclinou ligeiramente. Suas tartaruguinhas começaram a sair e, batendo as nadadeirinhas minúsculas na areia, foram se impulsionando até a beira do mar. As ondas batiam contra elas, algumas retornavam para a areia e continuavam a ir de encontro à água. Fizemos a mesma coisa e as nossas também seguiram seu caminho.

– Toda a ajuda é bem-vinda. Se puderem recolher as outras, só me passem o número dos cercados de onde as retiraram e mãos à obra.

Era muito bom saber que estávamos ajudando o meio ambiente e essas criaturas a continuarem com seu ciclo de vida. Mais ainda era ver a felicidade de Claudia e o cuidado com que ela apanhava as tartaruguinhas e as deixava na areia.

Um pouco depois e com o trabalho feito, estávamos lavando as mãos.

Nos despedimos de Caio, agradecendo pela oportunidade e, rindo, corremos para o carro.

– Vamos parar no restaurante? Que tal os camarões da Geralda?

– Hum, deliciosos!

Eu estava faminto e comemos muito bem. Depois de um pedaço generoso do pudim que Claudia tanto gostava, fomos embora e, entrando no carro, chegou a hora da decisão.

– Claudia, quer dormir lá em casa?

Eu não queria me separar dela. Só em pensar nisso, me dava um aperto no peito.

– Tenho que estar cedo na pousada, antes dos funcionários chegarem.

– Eu te levo cedinho para casa. Quero dormir com você em meus braços, acordar com seu cheiro, seu sorriso. Fica comigo essa noite?

CLAUDIA

Como negar qualquer coisa a ele? Me pedindo daquela maneira, com os olhos brilhando de ansiedade?

– Fico, sim, Ramon.

Aquele sorriso lindo e sincero apareceu e não me contive, beijando sua boca.

Em sua casa, tomamos uma ducha e ele me deu uma de suas camisetas e uma cueca para pôr. A camiseta era tão grande que mais parecia um vestido em mim.

– Gosto de te ver com a minha camiseta, te faz mais minha ainda.

Deitei e me aconcheguei em seus braços.

Ligamos a tevê e no canal de filmes estava passando o que parecia ser a continuação do filme que vi outro dia, com Jason Statham.

– Deixa aí! Eu adoro esse filme!

– Ah, não! Com esse cara não. Quase encho o Jason de porrada por ficar de olho em você. Ver você babar nesse outro aí, nem pensar!

Ri e o beijei.

– Eu só quero você.

E com minhas mãos, boca e todo o resto de mim, demonstrei o amor que não conseguia colocar em palavras.

Capítulo vinte e três

Pela manhã, fui acordada com um beijo grego. Apertei a cabeça contra o travesseiro, na tentativa de segurar o orgasmo, mas aí ele elevou minha bunda e seu pau roçou entre os lábios de minha boceta. Roçando meu clitóris e, quando começou a entrar em mim, não resisti, meu corpo todo estremeceu e gozei, agarrada ao travesseiro.

– Bom dia, meu amor. – Ele disse, ainda me comendo deliciosamente, com a voz rouca de tesão.

– Bom dia. – Consegui sussurrar, levantando a cabeça do travesseiro.

Ele deitou-se sobre mim, segurando minha cabeça de lado e me beijou. Me senti completamente capturada e entregue a ele.

Logo, outro orgasmo estava me tomando e, dessa vez, gozamos juntos.

– Vou dormir com você todos os dias, só para ser acordada dessa maneira. – Acariciei seus cabelos, minutos mais tarde, quando recuperamos o fôlego.

– É o que eu pretendo. Nunca mais me separar de você e fazer seus dias deliciosos. Agora que já te acordei, vamos tomar um banho, porque você tem que estar na pousada bem cedo e vai comer alguma coisa antes de sairmos.

Suas palavras me emocionaram. *Que bela chorona eu era.* Respirei fundo, impedindo que as lágrimas viessem à tona. *Acho que nunca fui tão feliz na vida; nem tão cuidada, nem tão amada.*

– Você está certo – beijei-o e nos levantamos.

Depois de um banho rápido, descemos e Neide me olhou, incrédula. Ramon estava agarrado às minhas costas, com o rosto em meu pescoço, me dando um beijo.

– Bom dia, dona Claudia! Que bom ver a senhora por aqui essa hora – ela sorriu, mas reconheci uma ponta de preocupação.

– Bom dia, Neide.

– Não se espante, Neide, pois não vou deixar ela dormir em outro lugar.

Apenas sorri para ela.

O que eu podia dizer?

Ela era praticamente uma mãe para ele, ainda que fosse uma funcionária. Neide havia cuidado dele, basicamente, durante a sua vida toda.

Tomamos o café, falando da inauguração da pousada. Ramon estava entusiasmado. Havia chamado vários conhecidos e figurões da cidade, além de jornalistas e blogueiros da região. Eu já estava começando a ficar nervosa.

Será que sairia tudo certo?

Será que eu conseguiria dar conta?

Eu tinha muitas dúvidas, mas teria que pagar para ver. Se eu tivesse pensado muito mais em meus medos e inseguranças, eu nunca teria passado esse final de semana delicioso com ele.

– Vou te levar para casa. Quer que eu vá para a pousada com você?

– Não precisa, Ramon. Tudo vai dar certo – com certeza, eu estava sendo mais otimista nas palavras do que me sentia.

– Você precisa trazer umas roupas para cá – ele disse enquanto saímos de mãos dadas.

Não vi nem sinal da Neide para me despedir. Mas não dei muita atenção, pois estava realmente atrasada e tinha coisas a fazer em casa ainda.

– Ramon, moramos tão perto. – Ele me olhou, meio tristonho. – Mas vou separar algumas.

O que eu não faria para ver aquele sorriso lindo em seu rosto?

– Tem certeza de que não quer que eu vá com você? – Perguntou ao parar o carro dentro da garagem.

– Tenho, sim. Pode trabalhar sossegado, que qualquer coisa eu grito.

– Está bem. A noite eu venho te ver.

– Vou esperar, ansiosamente – me inclinei para um selinho de despedida, mas Ramon escorregou as mãos para meus cabelos e aprofundou o beijo. Meu corpo acendeu e eu suspirei em sua boca.

– Se cuida, meu amor. E pensa em mim – ele disse ao separar a boca da minha.

Meio tonta pelo beijo devastador, assenti com a cabeça e abri a porta. Fiquei observando ele dar ré e sair para a rua, como uma adolescente apaixonada.

Eu tinha que trabalhar!

Corri para dentro, troquei de roupa e fui para a pousada. Hoje começaríamos a colocar tudo em ordem para a grande inauguração.

Capítulo vinte e quatro

Os homens já haviam retirado todo o material e agora era mãos à obra!

Tão logo coloquei os pés para dentro da pousada, os funcionários começaram a chegar e a adrenalina me tomou. Eu tremia como vara verde. Pressionei os lábios, na tentativa de fazê-los parar de tremer.

Meu sonho transformado em realidade, Ramon sendo todo meu e a felicidade era meu nome do meio!

Respirei fundo, deixando que aquele pânico súbito se esvaísse. *Eu consegui chegar até aqui!* Iria deixar que esse medo bobo me retardasse de alguma maneira?

Com esse pensamento, olhei para todos que estavam parados à minha frente agora. *Era tanta gente!*

– Bom dia. Sejam todos bem-vindos à pousada Pedacinho do Céu. Hoje começaremos os preparativos para nossa inauguração. Quero que sejamos como uma máquina bem regulada. Todos trabalhando juntos para que funcione perfeitamente. Cada sessão tem seu encarregado, reportem-se a eles. Quaisquer reclamações ou desagrado com a função, assim como qualquer coisa pertinente, levem o problema a eles que, juntos, tentaremos solucionar da melhor maneira possível. Que nosso dia comece!

Todos bateram palmas e saíram, cada um para suas tarefas.

Até que não fui tão mal para uma primeira vez.

Passei o dia supervisionando cada detalhe; conversei com alguns funcionários. No final da tarde, eu tinha uma pequena lista de coisas para comprar que eu não tinha pensado. O que era bom, e também meu intuito ao colocar todos para trabalhar. A pousada estava basicamente funcionando, com os funcionários do turno da noite chegando e meu pequeno discurso improvisado foi repetido e bem aceito.

Estava no saguão de entrada, quando meu celular tocou. Era Ramon.

– Claudia, onde você está?

– Na pousada, ué.

– Você precisa de descanso, não pode ficar o dia todo aí.

– Eu sei. Mas hoje eu quero. É tão gostoso ver tudo funcionando, os quartos sendo arrumados, as comidas sendo feitas, tudo engrenando, sabe? É meu sonho transformado em realidade.

– Te entendo, meu amor. O que acha de chamarmos o pessoal para fazer um teste? Eles passam um dia e uma noite aí e depois dizem o que acharam. Assim você realmente testa o funcionamento total. Fazem *check-in* e *check-out*, avaliam o atendimento, o serviço como um todo.

– Eles fariam isso? – Perguntei, incerta.

Eu nunca fui de pedir favores a ninguém, sempre sendo autossuficiente.

– Claro que fariam! Eu estava no portão da sua casa quando te liguei – escutei a porta do carro batendo e o barulho dos cascalhos enquanto ele andava. – Agora, estou aqui – olhei para a entrada e lá estava ele. – Venha dar um beijo no seu homem!

Eu o olhava, como uma boba apaixonada e com o celular ainda na orelha. Ele abriu os braços e então a realidade me tomou. Enfiei o celular no bolso e, o encarando, fui andando devagar em sua direção.

Quando me aproximei, Ramon me envolveu em seus braços, uma mão em minha cintura e outra em meus cabelos, me puxando para ele.

Seus olhos dançavam nos meus e entreabri os lábios, umedecendo-os.

– Que saudade de você.

Tomou posse da minha boca com vontade.

Meu Deus, que beijo esse homem tinha!

Precisei de todo meu controle para me lembrar de onde estava.

– Vamos para o meu escritório – falei com um fiapo de voz, rouca de vontade.

Ele concordou com a cabeça e o peguei pela mão, guiando-o. Uma vez dentro, Ramon me puxou, colando seu corpo às minhas costas e senti seu pau duro, pulsando.

Eu o queria.

Aquele beijo havia me deixado em chamas.

– Ficou muito bonito. Você tem bom gosto.

– Tem uma parte que você não viu – olhei por sobre o ombro e ele beijou meu queixo, sugando de leve a pele. – Abra aquele armário.

Capítulo vinte e cinco

Na parede à nossa frente, atrás da minha mesa, havia um móvel que eu mesma havia planejado. Ele agora pegava a parede toda, incluindo algumas prateleiras, e era ornamentado com livros e alguns itens de decoração e também o armário, com portas grandes.

Fomos andando sem que ele me largasse e deixei que ele abrisse.

– Hum, minha gatinha tem ideias maravilhosas!

A porta do armário servia para esconder a entrada para um mini apartamento, com tudo o que uma mulher precisava.

– Gostou? – Me virei para ele, enlaçando seu pescoço.

– Quando iria me contar sobre isso?

– Ah, iria surgir o assunto em algum momento. Mas agora tem um significado especial. Será nosso cantinho. Assim como o quarto lá embaixo é para seus pais, esse será nosso.

Entramos e tranquei a porta. Ninguém tinha permissão de entrar no meu escritório sem ser anunciado antes, mas, como era início de tudo, eu não queria ser surpreendida.

– Hum, vamos batizar cada cantinho. – sussurrou em meu ouvido e me esqueci do resto do mundo, me entregando ao seu beijo e suas carícias.

***

Algum tempo depois estávamos deitados no sofá, nus e entrelaçados.

– Vamos ver se o serviço de quarto está funcionando?

– É para estar. – Respondi.

Ele ligou para a recepção pedindo suco e frutas.

Alguns minutos depois, na cozinha, um barulho chamou a atenção dele. Eu só observava, fascinada em ver que tudo realmente estava funcionando como eu havia planejado.

Em cima do balcão, uma luz piscava.

– O que você aprontou?

– Uma coisa que eu vi em alguns filmes. Vá lá, estenda a mão.

Assim ele fez. Foi até lá e estendeu a mão em direção à luz e a portinha do mini elevador se abriu, pois tinha sensor de movimento. Ele retirou de lá a jarra de suco e a bandeja com as frutas.

– Perfeito! – Ele disse admirado.

– Assim não tenho que sair para pegar lá fora, no escritório. Meu refúgio!

– Claudia, sua ideia é maravilhosa! – Voltou para o sofá e sentou-se ao meu lado.

– Alguma coisa de bom tinha que sair!

– Não fale assim! Você tem ótimas ideias. Olha como transformou a pousada! E olha esse apartamento escondido!

Sorri, sem ter o que dizer; minha atenção sendo desviada para a visão que tinha à minha frente. Ramon nu, com uma bandeja de frutas, agora mordia um morango suculento.

Sexy pra caramba!

– Essa cara de tesão só por causa de um morango?

– Não. Mas por você assim, mordendo o morango; dá vontade de morder também.

Ele se aproximou de mim, estendendo o morango e sorrindo. O puxei para mim e ele ficou a centímetros da minha boca. Olhei e deliberadamente mordi a cabeça de seu pau. Ramon gemeu e largou a bandeja, agarrando meus cabelos. Lambi e suguei.

– Hum, muito mais gostoso!

– Safada.

Ramon se abaixou e tomou posse de minha boca, em um beijo cheio de fome. Seu corpo prendeu o meu, suas mãos vagaram pelo meu corpo, descobrindo lugares inexplorados, me levando à loucura. Seu pau roçando minha umidade, atentando minha sanidade, até me ter implorando por ele.

– Não me faça sofrer mais, Ramon. Quero você dentro de mim.

Com um gemido torturado, ele escorregou para dentro do meu corpo todo de uma vez, me estendendo deliciosamente. Loucos de tesão, o mundo lá fora não existia, somente nossos corpos suados e colados; mãos e bocas, gemidos e sussurros apaixonados.

De repente, Ramon parou e me olhou.

– Camisinha! – Esticou-se todo para alcançar um pacote em cima da mesinha de centro, sem sair de dentro de mim. Somente quando o pacote foi aberto ele se afastou, tempo suficiente para colocar o preservativo, e voltar para meu calor. – Você me faz perder a cabeça, gostosa. Minha tentação.

Não pude me impedir de sorrir, satisfeita, pois ele também me tirava do sério, me levava de 0 a 100 em segundos. Com energia renovada, Ramon me puxou para cima dele, me colocando sentada em seu colo.

Meu Deus, ele ia tão fundo assim!

Estremeci, me sentindo completa. Aquele pedacinho de mim negligenciado minha vida toda, sendo pressionado. Ele me puxou para seu peito e me manteve imóvel, enquanto entrava e saia de mim, rápido e forte. Meu corpo todo tenso, apertado, segurando o orgasmo, querendo mais e mais.

Seus olhos cor de mel estavam escuros. As pupilas dilatadas me olhavam com uma paixão que me deixou tonta e, quando ele mordeu meu lábio, sugando, não pude suportar mais o excesso de sensações e explodi num orgasmo que me deixou tonta, sem fôlego e trêmula. Encostei a cabeça em seu ombro, minha boceta latejando e se contraindo com os resquícios do orgasmo.

– Ah, Claudia. Eu te amo. – Sussurrou e senti os espasmos de seu pau dentro de mim.

Me afastei o suficiente para olhá-lo.

Era agora ou nunca.

– Também te amo, Ramon. Meu Ramon – Beijei-o de leve e, quando o olhei novamente, uma lágrima escorreu de seus olhos. – Como nunca amei ninguém.

Com um suspiro, Ramon se levantou comigo em seus braços, e me levou para a cama, me amando devagar. Fazendo amor comigo delicadamente, demonstrando tanto amor que foi a minha vez de deixar as lágrimas rolarem.

Capítulo vinte e seis

Na manhã seguinte, Ramon avisou a todos sobre o teste de fogo da pousada e aos poucos eles foram chegando. Alguns saíram mais cedo do trabalho, outros estavam de folga, e os que eram donos do próprio negócio simplesmente apareceram, tão logo foram chamados.

– Sejam exigentes. Anotem os erros ou o que vocês não gostaram. A hora de rever e ajustar é agora.

Deixei Ramon comandar o pessoal, ele tinha mais intimidade com eles. Fiquei observando meu homem exercer seu poder sobre os amigos. Ele tinha uma aura que irradiava esse poder e todos o obedeciam. Ele comandava tão facilmente!

De repente, ele se virou e seus olhos se prenderam aos meus. Aquele olhar do aeroporto surgiu e estremeci. Quando ele sorriu, senti meu corpo se preparando para ele, pulsando e querendo.

Nossa! Tudo isso com um olhar! Eu estava virando uma ninfomaníaca.

Retribuí seu sorriso.

Ele se despediu de Caio e veio em minha direção.

– Está com uma carinha; no que está pensando? – Perguntou, me enlaçando pela cintura.

– Em você, em nós dois. – Meu corpo estremeceu sob seu olhar.

– Esse pensamento envolvia um certo amiguinho movido a pilha, que você guarda em seu quarto?

– Ramon! Como você sabe sobre o Ramonzinho?

– Ramonzinho? Eu não sabia que a coisa tinha nome, mas fico muito feliz em saber que ele tem o meu nome! – Seu riso saiu rouco, evidenciando todo seu tesão. Senti seu pau quente de encontro ao meu corpo.

– Não mude de assunto. Como você sabe da existência dele?

– Você se lembra quando dormi na sua casa e fui embora enquanto você estava no banho? Quando cheguei no carro, me lembrei que não tinha te avisado sobre a obra e voltei correndo. A porta estava entreaberta e te vi na cama com ele. Quase enfartei quando você gozou chamando meu nome. Quase, por muito pouco, eu não perdi o controle naquela manhã.

Meu Deus! Esse tempo todo...

– Eu te queria tanto – confessei.

– Eu também. E te quero ainda mais agora.

Seu beijo me deixou tonta. Eu faria qualquer coisa que ele quisesse.

– Mais tarde, quero você – ele se aproximou ainda mais e sussurrou em meu ouvido. – Eu e o Ramonzinho vamos ter você – seus olhos faiscavam quando me olhou. – Agora, vamos ver como estão as coisas na recepção, se tudo foi preenchido devidamente.

– Torturador!

– A espera é doce. Vou te fazer gritar. Eu e ele metidos em você, te atiçando até que você não aguente mais, à noite toda.

– Pare agora mesmo, Ramon. Ou então vamos ter que dar uma chegadinha no apartamento lá em cima, por alguns minutos, porque não vou durar mais do que isso, com esse tesão louco.

Ele riu e me puxou pela mão.

– Vamos lá!

– *Yes*!

– Para a recepção minha florzinha linda.

Fiz um beicinho, mas o segui, feliz.

Passamos o resto da tarde revendo os detalhes. A cada situação que aparecia, eu dava graças por tê-lo ao meu lado. Ele tinha muito mais experiência com a coisa toda e estava sendo de grande valia para minha iniciação no ramo hoteleiro.

Capítulo vinte e sete

A todo momento eu olhava para o relógio. O tempo não passava rápido o suficiente.

A hora do jantar chegou e fomos conferir como estava funcionando a cozinha e o serviço de quarto. Mais tarde, todos nos encontramos na sala de jogos para uma partida de sinuca. O som ambiente estava perfeito, assim como todo o resto. Me entretive em uma conversa com as meninas.

– Marina, preciso ir ao ginecologista. Qual o telefone do seu? Faz muito tempo que não vou e sabe como é, temos que nos cuidar.

– Claro, anote aí.

Ela pegou o celular e encontrou o número, me passando. Eu ligaria na manhã seguinte. Era tão bom senti-lo pele com pele! Mas perigoso. Eu sabia que o líquido pré-ejaculatório podia conter alguns espermatozoides e que estávamos brincando com fogo. *Mas o que fazer se perdíamos a noção quando nossos corpos se encostavam?*

– Estou feliz por vocês dois estarem juntos. Ramon é um ótimo cara. Eu sabia que alguma coisa iria acontecer, porque ele nunca ficou tanto tempo junto ou olhou para uma mulher como ele te olhava.

– Cotinha, tenha a certeza de que cuidarei bem dele.

– Você já está, Claudia. Ele sorri e brinca com todos como nunca fez. Ele era um homem sério e até mesmo meio carrancudo. Focado no trabalho e vivia dentro do escritório ou viajando a negócios, sempre aumentando seu império, como costumamos brincar. Às vezes, conseguíamos fazer com que saísse com a gente, para espairecer um pouco, e também teve aquela Luciana. Até hoje eu não entendi o que ele viu nela. Mas não durou muito não.

– Eu a vi um dia. Bonita, gostosona.

– Fútil, você quer dizer. Mas não tem com o que se preocupar.

Ramon chegou por trás e me abraçou.

– Acho que está na hora de verificar como estão as coisas lá dentro.

Entendi e peguei a deixa.

– Tem razão. Até mais, Cotinha. Dê um tchau para o restante do pessoal por mim.

Todos estavam entretidos e isso era bom demais! Minha pousada estava passando pelo teste de fogo!

Ramon me pegou pela mão, me levou para fora da pousada e abriu a porta do carro para mim. Ele estava sério agora, me olhava com fogo nos olhos e mal me tocava.

Passei a mão por sua coxa, enquanto nos aproximávamos da minha casa e ele puxou o ar entre os dentes. Acionou o controle e entrou com o carro na garagem, parando ao lado do meu.

A tensão crepitava entre nós.

Segurei a porta aberta para ele, fechando-a em seguida. Levantei os olhos para encará-lo, mas só encontrei sua boca, exigente e possessiva.

Sua boca na minha me roubou o restinho de sanidade. Ele me prensou contra a parede. Seu pau duro roçando em mim, suas mãos em meu queixo e cabelos exigiam minha rendição. Com um gemido, me entreguei, encostando as mãos na parede.

Meu short escorregou por minhas pernas e pisei em cima, me livrando dele. Ramon agarrou minha bunda, me levantando, encaixando nossos quadris. Aquela tortura era deliciosa, mas o queria dentro de mim. Meu corpo implorava pelo dele, meus mamilos formigavam querendo sua boca.

Minha camiseta foi ao chão junto com meu sutiã e eles estavam livres para ele. Ramon mordiscou o caminho até um deles e mordeu o bico duro do meu seio. Estremeci, me arrepiei e gemi.

Insana.

Louca de tesão.

Louca por ele.

Sua mão em minha bunda escorregou mais para dentro e seus dedos afastaram minha calcinha, brincando entre minhas dobras.

– Toda molhadinha. Louca pelo meu pau.

Desci minhas mãos para sua calça e a abri, liberando-o de seu confinamento. Acariciei de cima a baixo e passei o dedo pela cabeça protuberante, espalhando a gota audaciosa que minou dali.

– Estou tão louco por você, meu amor. Mal consigo me conter – Ramon estremeceu e continuei a bombeá-lo devagar.

Com um impulso, ele me elevou e seu pau me penetrou, todo de uma vez, profundamente. Gritei com a invasão brusca, meu corpo convulsionando num orgasmo relâmpago.

– Claudia! Bocetinha gostosa! Meu Deus, não posso gozar – Ramon trincou os dentes e fechou os olhos, respirando fundo.

Meu corpo amoleceu e agarrei seus ombros. Ainda dentro de mim, ele me levou para o quarto.

– Caralho de boceta apertada, quente! – Ramon praguejou, saiu de mim, me deitando na cama e colocando um preservativo. Pegou também o lubrificante, que estava em seu bolso. – Pegue seu brinquedo, Claudia.

Estiquei-me toda até a mesinha de cabeceira e o peguei na gaveta. Ramon o colocou dentro de mim e espalhou meu gozo até meu buraquinho traseiro. Deitou-se na cama e me lambeu deliciosamente, então ele passou um pouco de lubrificante em mim e pressionou o Ramonzinho em minha bunda, chupando meu clitóris, me deixando acessa novamente. Relaxei e deixei que ele me penetrasse. Um gemido rouco escapou de mim e então ele se levantou, ajoelhando na cama.

Devagar, *ele* me penetrou também.

Um ajuste apertado e delicioso.

Nunca me senti tão plena em minha vida, meu corpo todo pulsava, imitando meus músculos internos.

Tontura, tensão e calor me invadiram.

Agarrei-me a ele como um náufrago se agarra a um pedaço de madeira em mar aberto.

Somente ele seria capaz de acabar com aquilo, aplacar meu fogo. Metendo com força, ele ligou o vibrador e me vi perdida. Com um grito, gozei como nunca antes. Ramon urrou e senti ele gozando, as pulsações de seu pau dentro de mim. Perdemos o controle de nossos corpos trêmulos e ele desmoronou em cima de mim, rolando para o lado e me levando com ele. Com cuidado, tirou o vibrador da minha bunda, mas continuou dentro de mim.

– Minha perdição. Quase esqueci do preservativo novamente, Claudia – sussurrou, ajeitando meus cabelos e colocando uma mecha castanha atrás da orelha.

– Por dois anos eu fiquei casada e não nos precavíamos. Nunca engravidei. Acho até que não sou capaz.

– Não diga isso, amor. As coisas acontecem quando tem que acontecer. Se não ficou, não era hora. Mas não quero você presa a mim por estar grávida. Quero você para mim, como minha mulher, porque me ama. Casa comigo?

– Ramon, não tem três meses que me mudei para cá. É muito rápido.

– Eu sei que quero você para mim. Sei que quero viver ao seu lado. Tenho essa certeza desde o dia em que te mostrei a pousada. Casa comigo, seja minha por inteiro e de verdade. Seja minha mulher.

Seus olhos dançavam nos meus. *E olha se eu não tinha a mesma certeza...*

– Sim, Ramon. Eu também quero você inteiro, só para mim – e lá estava aquela lágrima escorrendo por seus olhos cor de mel. – Eu amo você.

– Mal acredito na minha sorte.

Ele voltou a me beijar e nos perdemos novamente em carícias. A camisinha usada foi descartada e substituída várias vezes na noite!

Capítulo vinte e oito

Na sexta pela manhã, eu estava na pousada e tinha acabado de marcar o ginecologista para a próxima semana, quando meu celular tocou. Era Jorge, dizendo que estava chegando em duas horas.

Com tanta coisa acontecendo ao mesmo tempo, eu havia esquecido de dizer sobre ele a Ramon, mas não tinha tempo agora. Tinha que ir até o aeroporto buscá-lo. Avisei na recepção e corri para casa, peguei meu carro e saí. Em Salvador, demorei um pouco para achar o aeroporto, chegando lá junto com o voo de Jorge.

Aguardei alguns minutos e logo ele estava saindo, com uma mochila nos ombros e seu sorriso devastador.

– Claudinha, que saudade! – Ele se afastou e levantou os óculos escuros, me olhando. – Você está fantástica! Olha essa pele! Mulher, o ar dessa cidade te fez um bem danado!

– Você também está lindo, Jó.

– Eu tento – ele disse, rindo.

– Tenho um cara para te apresentar. Ele estará na pousada hoje à tarde, perfeito para você.

– Amiga, nem brinque com isso. Já pensou arrumar um homem aqui tão longe?

– Então prepare-se, pois ele é ma-ra, incrível!

Rimos e o levei até o estacionamento. Acostumada com o jeitão extrovertido de Jorge, eu não adivinharia que Thiago era gay nem em um milhão de anos. Se bem que ele era bem intimidador quando queria e sua profissão também exigia.

– Vamos direto para minha casa. O coquetel é somente à noite e tudo já está encaminhado. Podemos pegar uma prainha, o que me diz?

Ele apenas me abraçou e me deu um beijo no rosto, entrando todo alegre no carro.

Para voltar foi muito mais fácil.

Mudei de ideia quanto a ir direto para casa e paramos no restaurante, Jorge tinha que experimentar os camarões de Geralda!

Tínhamos pagado a conta e estávamos indo embora quando aquela sensação doida de ser observada me tomou. Olhei em volta e lá estava Ramon.

Sério e nos olhando com uma carranca de dar medo.

Jorge retribuiu o olhar e me abraçou possessivamente.

Pronto, o circo estava armado!

Fui caminhando até ele, que soltava fumaça pelos ouvidos, vermelho de ódio. Seus olhos cor de mel estavam esverdeados e sua pupila era apenas um pontinho preto.

– Jorge, conheça meu noivo, Ramon. Ramon, esse é Jorge, meu amigo de longa data.

Ramon o encarou, sem mexer um músculo. Então Jorge relaxou e suspirou.

– Nossa homem, relaxe – ele se arreganhou todo para Ramon e eu caí na risada. Ramon piscou, atônito, sem entender nada. – Sou o advo-gato, amigo dela. Prazer em conhecer o homem que transformou a cútis da minha princesa em porcelana!

Ramon retribuiu o sorriso, entendendo tudo, e me puxou para ele, estendendo a mão para Jorge.

– Seja bem-vindo. Já achei que era um tubarão em cima da minha peixinha.

Jorge gargalhou.

– Rapaz, você estava soltando fogo pelos olhos. Não sei como o lugar não se incendiou!

Não tinha quem permanecesse sério perto de Jorge.

– Jó, o rapaz que eu disse que te apresentaria é primo de Ramon.

– Meu Deus, e essa noite que não chega logo? Com essa genética, já estou apaixonado sem ao menos conhecer o homem!

Ramon me abraçou, puxando para ele e me beijou os cabelos.

– Vou deixar vocês irem. Tenho algumas coisas para resolver por aqui. À noite, nos vemos, está bem?

– Ok. Vamos, Jó? – Dei um selinho em Ramon e Jorge me puxou pela mão, animado.

– Até mais, Ramon – Jorge se despediu.

– Até. Cuidem-se.

Chegando ao carro, ele começou a me bombardear de perguntas.

Como, quando e onde!

Fui contando nossa história para ele e logo chegamos em casa.

– A história de vocês é tão linda, Claudinha! Que casa maravilhosa! E a pousada, linda de viver!

– Espere até você entrar nela. Meu sonho!

– Essa casa já é um sonho! Olhe esse marzão! – Jorge parecia uma criança no parque de diversões.

– Vamos dar uma volta na praia. Quer por um short?

– Tenho que cuidar o bronzeado, vou de sunguinha mesmo.

Ri da sua cara de pau. Eu sabia muito bem que ele gostava de se bronzear e me lembrei do meu primeiro dia no mar.

– É bom se lambuzar de protetor solar, se não quiser virar um tomate! – Ele riu e fui mostrar o quarto onde ele ficaria. Entreguei um protetor a ele e fui me trocar. – Fique à vontade. Espero você lá embaixo. E, Jó, obrigada por ter vindo.

– Não perderia essa por nada. Sabe que você é a irmã que eu nunca tive.

– Você também. Vamos logo – empurrei-o para dentro do quarto fechando a porta.

Passamos uma horinha na praia e então meu celular apitou. A cabeleireira chegaria a qualquer momento. Corremos para casa, bem a tempo de escutar a campainha tocar. Corri para abrir.

– Preciso tomar uma ducha rápida e já desço. Podem se instalar na sala de jantar.

Corri e tomei um banho tão rápido que nem eu mesma acreditei. Quando desci, a esteticista estava aplicando uma máscara facial em Jorge.

– Para te acompanhar, preciso estar bonito!

– Com certeza!

Ri, me sentei na cadeira em frente ao espelho portátil e me entreguei às mãos mágicas da cabeleireira.

Capítulo vinte e nove

Às 19 horas, estávamos prontos e entrando na pousada. Os convidados já estavam chegando e o saguão estava ficando cheio. Olhei em volta e nem sinal de Ramon. Mas encontrei Thiago, meio perdido no meio da multidão.

– Claudia, você está deslumbrante!

– Obrigada, Thiago. Você também está muito lindo! Conheça Jorge, meu amigo de São Paulo. Jorge, esse é Thiago – pelo olhar que trocaram, a química ali rolou. – Thiago, você pode fazer companhia a Jorge um pouquinho? Tenho que conferir alguns detalhes.

– Claro, Claudia. Não se preocupe mais com ele. Está em boas mãos.

Jorge olhava encantado para Thiago. Joguei um beijinho para eles e fui conferir o *buffet* e tudo mais. Braços se fecharam sobre minha cintura e o perfume de Ramon invadiu meu sistema.

– Boa noite, meu amor.

Virei-me e o beijei de leve.

– Boa noite!

– Venha, deixe tudo aí, quero que conheça duas pessoas.

O segui e então ele parou em frente a um casal de meia-idade.

– Pai, mãe, conheçam Claudia, minha noiva.

– Minha menina, é um prazer inenarrável conhecê-la.

O pai de Ramon pegou minhas mãos e beijou meus dedos.

– Faço minhas as palavras de meu marido.

– O prazer é meu! Sejam muito bem-vindos ao meu Pedacinho do Céu.

– Este lugar não poderia ter um nome mais apropriado! É nosso pedacinho do céu na terra também!

– Ramon me contou tudo e fizemos uma surpresa para vocês! Enquanto quiserem, terão um quarto só para vocês com a decoração original aqui na pousada. Nós mesmos o revitalizamos.

– Minha filha, não temos palavras para agradecer seu lindo gesto – o pai de Ramon pegou minhas mãos e beijou novamente, agradecido.

Ramon foi até a recepção e pegou a cópia da chave.

– Aqui está, essa é para vocês. Se quiserem ir dar uma olhada, é por ali.

– Iremos sim, meu filho. Você sabe o quanto este lugar é especial em nossas vidas.

Eles nos abraçaram e tive que piscar várias vezes para impedir que uma lágrima rolasse. Respirei fundo para controlar minhas emoções.

De mãos dadas, os vi se afastarem, seguindo na direção apontada por Ramon.

– Adorei seus pais! Meu Deus, eu esperava por um casal de idosos, mas eles são novos!

– Eles curtem a vida, meu amor. Não têm nem sessenta anos ainda.

– Seu pai é bonitão! Se eu não soubesse que era seu pai, diria que ele era seu irmão mais velho.

Ramon riu alto e me deu um beijo rápido na boca.

– Ele adoraria saber disso!

– Bobo! – Abracei-o apertado.

– Venha, vou apresentá-la para algumas pessoas.

Com a mão em minhas costas, ele me guiou e conheci um sem número de pessoas, me esforçando para gravar seus nomes. Os garçons entregavam taças de espumante para os convidados, além de canapés. Todos estavam felizes e parecendo gostar muito de tudo.

Jorge estava conversando animadamente com Thiago, que tocava a mão de Jorge. Meu amigo já havia caído na teia de um Marrero, assim como eu.

– Dona Claudia, me desculpe interromper, mas aquele senhor quer saber se as fotos estão à venda. Ele é dono de uma galeria de arte em Salvador – a recepcionista disse, meio tímida.

– Obrigada, Raquel. Diga que já vou falar com ele.

Meu mural chamava a atenção de todos. Eu tinha mandado emoldurar algumas fotos, as que ficaram mais lindas, e agora elas estavam espalhadas pelo saguão. Olhei para Ramon que sorriu para mim.

– Você tem talento! Vá lá conversar com ele.

– Ramon! Eu não tenho noção de preço, elas não foram feitas para esse propósito.

– Seja sincera com ele e peça para que ele avalie seu trabalho. No final, você escolhe vender ou somente expor na galeria.

– Vem comigo?

– Vá lá, você consegue – ele piscou e eu respirei fundo.

– Ok. Já volto.

RAMON

Fiquei observando Claudia conversar com o Marchand. Realmente, ela tinha talento para fotografia. Suas imagens haviam ficado lindas!

Ela tinha conseguido alguns acordos comerciais para a pousada e isso era muito bom. Eu apenas ficava por perto enquanto ela fechava negócios, como um porto seguro. Cada dia que se passava, eu estava mais orgulhoso dela!

Agora ela retornava para mim, com um sorriso enorme no rosto.

– Tudo certo?

– Certíssimo. Ele vai escolher e já levar com ele.

– Parabéns, meu amor. Por tudo. Estou muito orgulhoso pelo seu desenvolvimento, seu crescimento! Você deixou a pousada como queria, apostou nas mudanças, imaginou e tornou realidade o apartamento no escritório e agora terá suas imagens expostas em uma galeria.

– Consegui tudo isso porque você me apoiou.

– Apoiei sim, mas quem executou foi você – puxei-a para meus braços. Coloquei a mão no bolso, pegando o objeto de dentro. Peguei sua mão direita, coloquei a aliança em seu dedo anelar e beijei. – Oficialmente minha noiva!

Aquele ardor em meu peito retornou ao ver seus olhos brilharem quando ela olhou para sua mão. A emoção me tomou e quando ela grudou a boca na minha, feliz, uma lágrima escorreu pelo meu rosto.

– Te amo tanto, Ramon! Não precisava de uma aliança, mas ela é linda!

– Não tanto quanto você. – Beijei-a com todo o meu amor e desejo.

CLAUDIA

– Procurem um quarto pelo amor de Deus! – Escutei Jorge dizendo e me afastei, quebrando o beijo.

– Ah, Jó, o homem merece! – Estendi a mão para que ele visse minha aliança.

– Uau! Rapaz, você não brinca em serviço, hein?

Ramon riu, me abraçou mais forte e encostei a cabeça em seu peito.

– Quando encontramos a pessoa certa, não podemos perder tempo mesmo. Eu vi, quis, fui atrás, tentei até conseguir. Agora, não solto mais. Está algemada a mim.

– Sim, amor, mas não por essa aliança e, sim, porque meu coração mora em seu peito e o seu no meu.

– Nossa senhora! Mulher! Agora tenho certeza de que você conquistou o coração dela. Nunca, em hipótese nenhuma, ela diria uma coisa tão romântica se não estivesse com os quatro pneus arriados.

Rimos do jeitão do Jorge e percebi que ele estava de mãos dadas com Thiago.

– Hum, o senhor cupido passou por esse pedacinho do céu hoje, hein?

Eles riram, sem jeito e Jorge deu uma balançadinha em suas mãos.

– Me amarrei nesse Marrero. Vamos passear um pouco. Tem algum problema, Claudinha?

– Nenhum, Jó. Aproveite sua estadia e sorria, você está na Bahia. – Era impossível não sorrir quando se escutava aquela frase, que o pessoal adorava repetir.

E assim foi, Jorge abriu um sorriso de canto a canto, olhando para Thiago que retribuiu no mesmo instante. Eles se despediram de nós.

– Qualquer coisa, é só ligar. – Disse um pouco mais alto para que ele me escutasse, já a alguma distância.

– Não se preocupe, amor. Thiago é, como eu te disse, muito confiável. Vamos aproveitar a festa.

Abraçada a ele, me deixei envolver pelo ambiente e pelas as pessoas. Relaxei um pouco quando percebi que todos estavam adorando o lugar.

Mais algumas horas e eu me atirava no sofá fofinho de Ramon. Ele sentou-se e tirou meus sapatos, massageando meus pés.

– Você tem pés lindos – levantou minha perna e começou a distribuir beijinhos leves no meu pé, panturrilha e, vindo mais para cima de mim, na minha coxa.

– Ramon, a Neide!

– Ela não está, amor. Quero tanto você, quero te foder tão gostoso, te fazer gritar de prazer. Neide está de folga, você está sozinha comigo.

Seu olhar me fez estremecer, suas palavras me fizeram pulsar e sua boca, roçando a parte interna de minha coxa, me fez gemer.

– Ramon… – Agarrei seus cabelos quando ele levantando minha saia, mordendo minha carne por cima da calcinha.

Logo ela não passava de um pedaço de tecido no chão, junto com meu vestido e sutiã.

***

O final de semana foi animado com a companhia constante de Jorge e Thiago. No domingo à tardezinha, fomos levar Jorge ao aeroporto.

Fiquei observando os dois se despedirem e Ramon me abraçou por trás, me beijando o pescoço.

– Que bom que eles se deram bem, amor.

– Só fico com pena por morarem tão distantes um do outro.

– Para isso existe a internet, aviões… eles darão um jeito. Se for para dar certo, distância nenhuma vai atrapalhar.

– Nisso você tem razão.

Jorge se aproximou, abrindo os braços para mim. Ramon me deixou ir e o abracei.

– Boa viagem meu amigo. Volte logo.

– Ah, eu vou, tenha essa certeza!

Jorge deu uma piscada para Ramon. Não entendi nada e então eles trocaram aquele abraço de homem, mais para um tapinha no ombro do que qualquer outra coisa. Thiago estendeu a mão para ele, Jorge nos deu um tchauzinho e os vi indo até o portão de embarque, de mãos dadas. Com um beijo rápido, Thiago despediu-se de Jorge, que mostrando a passagem para o segurança, entrou e sumiu portão a dentro.

Thiago voltou para perto de nós, meio desolado.

– Bem, a vida continua. Vamos indo, quando ele pousar vai mandar uma mensagem para nós, avisando.

No estacionamento, Thiago nos prometeu visitar a Pedacinho do Céu no próximo final de semana. A viagem de volta foi rápida, eu me deliciava observando Ramon dirigir. Ele conduzia demonstrando um controle total do que fazia. Exalava poder sentado ali, em frente ao volante.

–Continue me olhando dessa maneira Claudia, e não respondo por mim.

Meu olhar o percorreu e ele ostentava um volume delicioso, aquele mesmo que me deixou enlouquecida no aeroporto. Sorri para ele, que estendeu a mão, tocando minha coxa.

Ah, Ramon.

Capítulo Trinta

Voltando do ginecologista, eu estava empolgada.

Eu queria me livrar daquelas camisinhas o mais rápido possível. Como meu ciclo logo começaria, no primeiro dia eu tomaria a injeção prescrita pela ginecologista, ficando protegida por três meses e sem a visita da dona monstra para atrapalhar tudo. Só em pensar na bendita, senti uma colicazinha desagradável. Muitas mulheres adoravam menstruar, o que não era meu caso. Nesses dias eu ficava irascível, ainda mais quando sentia cólicas. Com o anticoncepcional injetável eu me livraria de tudo isso!

À tardezinha, quando Ramon chegou eu estava sentada no sofá, munida de uma bolsa de água quente na esperança de que aquela dor chata passasse.

– O que foi amor? Você não está com uma carinha boa. Está sentindo alguma coisa? – Ele perguntou sentando-se ao meu lado, preocupado.

– Só cólica. Odeio quando isso acontece. Não é sempre, mas quando fico com dor incomoda muito.

– Por sorte, minha linda, minha mãe tinha muito isso. Vou fazer um chá que ela tomava. Como ela dizia, tira com a mão. Fique aqui, sentadinha. – Me deu um beijo rápido e levantou-se. – Já volto.

Fiquei paralisada, olhando para a TV, mas sem realmente ver muita coisa. Eu havia tirado a sorte grande! Chazinho para cólica? Meu Ramon era demais! Cerca de quinze minutos depois, ele voltou com uma xícara fumegante nas mãos.

– Aqui. Me lembro bem dela dizer que tinha que tomar bem quente.

Peguei de sua mão e provei.

– Hum, é gostoso. Do que é?

– Canela e louro.

– Louro? Tempero?

– Sim, amor. Tome tudo.

Sem discutir, tomei o chá e ele retirou a xícara das minhas mãos, colocando na mesinha de centro.

– Logo você vai se sentir melhor. – Sentou-se ao meu lado e me puxou para perto, acariciando meus cabelos. – Sabe o que mais é bom para diminuir a cólica? Orgasmos. – Ele sussurrou em meu ouvido e estremeci.

– Não quero nem imaginar como você sabe disso. – Ri e o beijei.

– Ah, isso eu só li outro dia na internet. Acho que temos que comprovar a eficácia dos orgasmos nesse caso. – Seus olhos faiscaram e a dor foi esquecida quando sua boca caiu sobre a minha.

Se foi o chá ou os orgasmos, o responsável pelo fim da minha cólica eu não soube dizer, mas na manhã seguinte eu não tinha mais dor nenhuma. Depois que Ramon se foi, a dona monstra mostrou sua cara feia e antes de ir para a pousada, passei na farmácia e comprei o anticoncepcional. Ali mesmo eles aplicaram e senti apenas uma leve ardência. Duvido que conseguiria isso em uma farmácia da capital, mas como eu morava em uma cidadezinha, para tudo se tinha um jeitinho.

Voltei para a pousada, e assim que cheguei em meu escritório, Marina me ligou.

– Claudia, preciso de um favor enoooorme, você não pode me negar.

– Diga, Cotinha, que tipo de favor? – Perguntei, rindo do seu jeitinho.

– Uma amiga, dona de uma loja de roupas de festa, precisa de algumas mulheres para uma sessão de fotos para um catálogo da loja. Como a verba está curta, ela me pediu algumas amigas para ajudar nisso e o vestido de noiva pede uma mulher com seus peitos! Diz que sim, por favor!

– Cotinha! Eu como modelo? Não tenho corpo para isso, doidinha.

– Imagina, o vestido é perfeito para você. Quando você olhar para ele vai entender. Para de bobeira, você é linda! Por favor?

Me pedindo daquela maneira, eu não tive como negar.

– Está bem. Quando vai ser?

– Vou ver com ela e te digo certinho. Que tudo!!! Obrigada, obrigada! Vou ligar para ela e contar que você aceitou! Beijocas!

Desligou o telefone e eu balancei a cabeça, sorrindo. Marina era toda espoleta!

***

Dona monstra não ficou de visita muito tempo e nem a cólica voltou. Em três dias, tudo estava normal outra vez e, se Deus ajudasse que o remédio tivesse o efeito esperado, não veria sua cara feia por um bom tempo!

Ramon estava muito atarefado essa semana. Dormíamos juntos todos os dias e eu sentia sua inquietação. Quando perguntava o que era, ele desconversava, dizendo que não queria me incomodar com problemas do trabalho. Queria tanto poder ajudar, mas era ele quem entendia mais da coisa toda do que eu. Então eu apenas o acalmava, com beijos, cafuné e com todo meu amor.

Semanas se passaram e chegou o dia da sessão de fotos da amiga da Marina, que seria feita no resort. Uma verdadeira megaprodução, com cabeleireiro, maquiadores e uma arara repleta de roupas lindas nos esperava.

– Uau, Cotinha! Isso que ela estava com a verba curta!

– Patrocínio é a alma de todo marketing! Eu tenho amigos muito generosos. – Ela piscou e entendi tudo.

Me entreguei nas mãos da maquiadora e da equipe toda, assim como Marina e as outras meninas. O vestido ficou perfeito em mim, como se tivesse sido feito sob medida para meu corpo! Com uma guirlanda de flores minúsculas, e um lindo véu, a minha produção foi finalizada.

Me olhei no espelho e a beldade ali refletida piscou para mim. Não era possível que aquela fosse eu! Toquei meu rosto e sorri.

– Você está deslumbrante, Claudia! Eu sabia que esse vestido ficaria perfeito em você!

– Você também está linda! Olha só esses cachos!

Marina riu, e deu pulinhos no lugar, superexcitada.

– Vai ser demais! Vamos, o cenário já está todo montado e o fotógrafo está nos esperando.

Saí, de braços dados com ela.

Do lado de fora, na areia da praia, um altar estava montado, todo decorado com flores e tecidos transparentes que flutuavam com a brisa vinda do mar. Cadeiras estavam posicionadas dos dois lados de um tapete vermelho que levava até o altar.

– Nossa, Cotinha, que coisa mais linda!

– Claudia, respire fundo. – Marina disse quando a marcha nupcial começou a tocar, e então pessoas começaram a chegar, em fila, passando pelo tapete vermelho, sentando-se nas cadeiras. – Olhe lá. – Ela apontou para o altar e então vi Ramon, com Thiago e Jorge de um lado, Andreia e Sid do outro. Foi então que minha ficha caiu e lágrimas escorreram por meu rosto. – Pode chorar minha linda, a maquiagem é a prova d'água. Vamos lá, seu futuro marido a espera.

Sem palavras, fui caminhando com ela até Ramon. Olhei para Jorge e Andreia que choravam silenciosamente, com um sorriso no rosto. Ramon estava deslumbrante e me olhava fascinado.

– Que vocês sejam muito felizes, Claudinha. – Marina disse ao me entregar para Ramon. Sorri para ela, incapaz de dizer qualquer coisa, ainda maravilhada por tudo aquilo.

– Você está maravilhosa! Eu te amo tanto. – Ramon sussurrou quando pegou minha mão.

– Também te amo.

Ele me deu um beijo na testa e pegou minha mão, me levando para à frente do altar, onde um padre nos esperava. Ele começou a cerimônia e eu olhava incrédula para Ramon. O sorriso de pura felicidade que estava grudado em meus lábios, estava nos dele também.

Ali, em frente ao padre, repeti os votos de fidelidade, entregando a ele todo meu amor. Ramon pegou minha mão e colocou a aliança, beijando-a.

RAMON

– Amo você. Minha vida, minha mulher.

– Amo você, Ramon. Como nunca amei ninguém. Não imagino mais minha vida sem você; eu te quero para sempre, sempre...

– Pode beijar a noiva. – Escutei o padre dizer e me aproximei dela, emoldurando seu rosto em minhas mãos, a beijando com ardor, entrelaçando meus dedos em seus cabelos.

Nesse momento, todos começaram a assoviar e bater palmas. Olhei-a e a emoção me pegou, lágrimas de felicidade escaparam e escorreram pelo meu rosto.

Eu sou um homem emotivo, mas somente com ela.

A mulher que virou minha vida de cabeça para baixo e me fez querer o que antes eu fugia.

Compromisso.

Uma vida juntos.

Dormir e acordar lado a lado, por toda a vida.

A mulher que eu amo. Primeira e única, agora minha para sempre.

Epílogo

Cinco anos se passaram desde a inauguração do meu Pedacinho do Céu.

A pousada era um sucesso e referência entre as outras tantas da região. Hoje era nosso aniversário de casamento e estávamos no apartamento da pousada. Eu havia feito um jantar especial para ele. Pedi que ficasse na sala até que estivesse tudo pronto, sem que ele olhasse nada.

– Amor, vem comer! Está na mesa.

Ele veio, trazendo uma garrafa de espumante nas mãos. Com cuidado retirou a rolha, com o barulho característico, e peguei as taças, colocando embaixo para que o líquido não caísse no chão.

– Parabéns, senhora Marrero – ele brindou, encostando sua taça na minha.

– Parabéns, meu marido lindo.

Fingi bebericar da taça e jantamos.

A hora havia chegado!

Liguei para a recepção, para pedir a sobremesa especial.

Logo a luz se acendeu avisando que havia chegado.

– Você pode pegar, meu lindo?

Ele se levantou e, antes de ir, me deu um beijo.

Eu estava nervosa, ansiosa para ver sua reação. Liguei a câmera do celular assim que ele virou as costas e fui atrás.

Ele estendeu a mão e a porta do mini elevador se abriu.

Ramon encarou o bolo que havia lá dentro. O pegou, me encarou e voltou a olhar o bolo.

Sobre ele estava escrito: *Parabéns, Papai*. Em cima, sapatinhos modelados em docinhos ornamentavam o bolo.

Ele o deixou sobre o balcão e me abraçou, chorando como um bebê.

– Você me fez o homem mais feliz do mundo quando me disse sim há quatro anos e, hoje, mais uma vez. Amo você, mais do que as palavras podem expressar. E também já amo esse bebezinho que cresce dentro de você, fruto do nosso amor. Obrigado por me fazer o homem mais feliz e realizado do mundo, todos os dias.

Deixei o celular sobre o balcão e ele me pegou no colo, levando para a cama, onde me deitou e beijou minha barriga. Afaguei seus cabelos e deixei que a felicidade me invadisse.

– Você aí dentro, saiba que papai está aqui fora, esperando você crescer. Acabei de saber que você está aí e já te amo muito. Cresça, meu bebê. Enquanto isso, vou te beijar e falar com você todos os dias – beijou novamente minha barriga e foi subindo. A emoção que eu senti até aquele momento deu lugar ao tesão louco que me invadia, cada vez que sua boca encostava em meu corpo. – E a mamãe também; vou beijar essa boca linda, que eu amo, todos os dias.